ドラ恋

~ドラゴンだって恋をする~

りゅうじ・O

文芸社

まえがき

今まで小説を読んで一度も感動しなかった自分が、自ら書いてみて初めて涙した一冊!

あなたの恋愛成就に役立てたら……な～んてね。

2010年に絵本を出して以来の第2弾をお楽しみください!

目次

第一部　ドラゴンだって恋をする

第二部　あとがき

第一部　ドラゴンだって恋をする

序章

①「幼き頃」

「悪いことしちゃだめよ、えい！」

手に持った杖《つえ》をひと振《ふ》りすると、ふたりの悪人がロープでぐるぐる巻きになった。

「私は魔法少女ミント、あなたたち、もう悪いことしちゃだめ、ちゃんと約束してくれたらロープを解《ほど》いてあげてもいいわ」

アニメーションの一場面である。

「わーいいなー」テレビを見ていた幼き頃のなつみはそう呟《つぶや》いた。

「パパッ、パパァー、ねーあれ買って、私もあの魔法の杖が欲しいの」

テレビを指さして、すぐ横にいた父にすがった。

「私ね、魔法を使って悪い人を捕まえるの。それからね、みんなを幸せにしてあげるんだ。パパのお願いも叶えてあげるわ。ねーいいでしょ、だから買ってー」

なつみはまだ3歳で、テレビの中と現実をあまり区別していない年頃である。

父の名は天甦光影（オーロラミツカゲ）。父親としても、どう返事して良いか困った。

「そうかい、嬉しいな。パパはね、なつみの笑った顔を見られるのが一番の幸せなんだよ」

そんな父の言葉を聞きながらも、なつみは父の顔を上目使いに覗《のぞ》き込み、目で訴えた。

「わかった、わかった」

父としては大好きななつみの頼みとあって、つい返事をしてしまった。本物の魔法の杖なんてあろうはずもないと思っているだけに、少しの間考えた。

『そうだ、とりあえずオモチャの杖を買おう、それで納得してくれれば幸いだな』

「それじゃ、お店へ行って買ってあげよう」

「わーいほんと、嬉しいな」

なつみのことをもう少し解って頂くために、家族のことなどを含めて話しておきましょう。時は22世紀、未来の地球を想像した架空の物語。ごく普通の家庭に生まれたなつみだが、とっても好奇心旺盛な夢見る少女で、ついつい、いろんなことに手を出してしまい、ドタバタと落ち着くことはない。親にしてみれば楽しかったり、ハラハラさせられたりで、とにかく目が離せない可愛らしい存在だ。

そんななつみには3つ年上で6歳の姉、真偉《まい》がいる。ほんとにえらいと書いて（マイ）と読む。真偉《まい》はなつみ程ちょこまかはしていないけれど、男の子達と遊んでいることが多く、時には喧嘩して帰ってくることもあり、おてんば、というよりむしろ勇ましい。親にしてみれば、とにかく怪我《けが》のないように、と願うだけである。

そしてなつみの母親は天甦美和（オーロラミワ）、とっても可愛らしさのある、優しさいっぱいのお母さん（ママと呼ぶべきか）。

大学生（19歳）の時、父、光影と出会い、16歳という年の差も気にすることなく付き合い始めた。翌年には結婚し、6年経った今でもラブラブで、とっても楽しい家族である。

「パパ、はい、お弁当！」美和はそっと渡した。

「おっ、いつもおいしいお弁当をありがとう、美和のおかげで今日も一日頑張れちゃうぞ」

パパにそう言われ、照れ臭そうに「行ってらっしゃーい」とにこにこと手を振る美和が、未だ初々しく思えて、ついついギュッ♡と抱きしめたくなるような衝動に駆られてしまう。

パパはこれから仕事なのだ。その仕事とは、一つ違いの親友、時成総一《ときなりそういち》とともにタイムマシンの発明に取り組んですでに5年、それがまさに完成間近。今日、テスト運転をすることになっている。

「行ってきます」

②「実験開始」

研究所はそう遠くない。歩いて、10分程度のところだ。光影は入り口の前に立つとスーッと一《ひと》呼吸した。その眼差しは、真剣な研究者の顔になっていた。“ガチャ”中に入ると、総一の姿が見えた。

彼はよほど気がかりだったのだろうか、それとも独身のせいか、夕べから泊まり込みでいたのだった。

「やーおはよう総ちゃん」

「おー来たな天甦《オーロラ》さん」総一は光影のことを、時にはミッチーとも呼んでいる。

「それじゃ、早速始めようか」光影がそう言うと、

「おー待ってました」と総一。

ふたりは顔を見合わせ頷《うなず》いた。すぐそばには、さほど大きくはない普通自動車程の、ドーム型で丸いＵＦＯみたいな形のマシン。

その中には座席が一つ、そしてデジタルパネルがあり、年号や時刻を設定できるようになっている。マシンの周りには、平たい輪が2枚重《かさ》なり、マシンの見た目は、何だか土星のようにも見える。

この輪が大事な磁場《じば》を生み出すわけだ。近年、フューチャニウムという物質が発見されたことが“タイムマシン”開発の糸口となった。反発する磁石の間に物質を固定させ電圧をかける。その時発生した磁場により、時空間に穴を開けるという原理だ。

「よし、実験開始だ、総ちゃん10分後の未来でセットしようと思うけど、どうだろう」

「ＯＫ」総一に異論はなかった。「天甦さん、つまり、今、この場所から消えて10分後にまた現れるってことだろ？」

「そうそう、つまり部屋の時計と10分のずれが生じるはずなんだ」と言いながら、光影は自分の腕時計を座席に置いた。

「スイッチＯＮ！」

光影はスイッチを押すとすぐにドアを閉めた。

“キーン”というかすかな音を立て、重なり合った2枚の平たい輪が正反対に回り始めた。

そして、ぼやーっとしてから数秒で、ふわっと消えた。「おお」ふたりは声をそろえて驚きとともに感動を味わった。

それからの10分がやけに長く感じた。9分、8分、7分~50秒、あと10秒、3、2、1、“キーン”ふわわわ~、「来た！」光影は拳《こぶし》をグッと握りしめる。「やった、やったな総一」「ミッチー」ふたりはもう大はしゃぎ。「見ろ、見ろ、俺の時計」総一の時計と見比べて、10分の差を確認した。「ほら、ほら~な、10分前の時間を飛び越えて来たんだぜ……」

そんなこんなでマシンは完成した。

③「事件勃発！」

完成から7年が経ち、当時3歳だったなつみも10歳、姉の真偉は13歳、そしてもうひとり家族が増えていた。この時すでに3歳、長男の与一《よいち》がいた。なつみ達にはヨッピーと呼ばれている。これからこの姉弟達が深くかかわっていく。マシンは改良を加え、徐々に実用化が進み、限られた信用のある者達だけに使用されるようになっていた。

ただし、問題があっては困るので、マシンには発信機が取り付けられ、コンピュータとつながっていた。それを管理しているのが時空管理局。局長は発明者のひとり、時成総一。まだまだ部下は5人だけどこれからどんどん大きくなるに違いない。

そしてもうひとりの発明者、光影は、以前より考古学も好きだったことから、今では近くの博物館で館長をやっている。当然のことながら光影の家にもマシンが1台置いてある。

最近では移動とともに、そのまま飛行できるよう開発され、タイムマシンとしてだけでなく、日頃のお出かけ、買い物まで、小型の飛行機感覚で利用可能。電磁石を利用した浮遊装置付きなのでさしたる音もなく“ふわ～っ”と浮き上がるので最高に便利だ。

その後、管理局も大きな建物に移り、人も増え、時代の先端を担おうとしていたある日のこと。“ドカーン!!”暴発音の後《あと》、“ポワン、ポワン、ポワン!”というサイレンの音が鳴り響く、管理局に侵入者、族は5人、皆《みな》銃を持っている。タタタターッと走るや否や中央部のドアに銃を向けた。“バババッ”と撃つなり“ドン”と足で蹴《け》破ると中に入ってしまった。

そこにはコンピュータに接続された大型のタイムマシンがあった。もっともこれは、固定されているので動かすことはできないが、そのマシンと他のマシンが、データでつながっている。それと、ビルを動かせる程の大きな磁場を発生させられるので、通常、限られた者だけが、この部屋に入れることになっていた。

「おい、ここにはお目当てのタイムマシンはないのか」族のボスが言うと、

「ですね、しかしなんだここは。訳《わけ》のわかんない機械ばっかりじゃないか」

「こらー」そこへ警備員や社員が駆《か》けつけ揉《も》み合いになる。“バーン”暴発した玉が、マシンの大事なパネルに穴を開けた。

銃声に驚き職員達は一歩、あとずさり。すると、その隙に族は他の通路へ逃げる。

「ボス、こっちですよ」子分のひとりが新たなドアを開けると、そこは倉庫だった。

「何だこれ」子分が指さした物とは、

「ついに見つけたぞ」ボスは嬉しそうに入り、タイムマシンに手をかけると、座席に座《すわ》るなり、急いでいたので、とにかく適当にボタンを押した。どど~他の４人も無理矢理乗り込むと、“ギーン”……ふわっ。

族はマシンとともに消え去ってしまった。そこへ局長達が走ってきたが、もう彼等は跡形もなく……？　いや、よほど慌《あわ》てたのか、入りづらかったのか、銃が１丁と黒い靴、それも左片方だけが床に転《ころ》がっていた。

先程鳴っていたサイレンの音はもうしていない、誰かが止めたのだろう。

「局長、大変です」そう叫びながら走って来たのは管理室の吉永君であった。

彼は、時成龍二（時成総一の弟）とともに管理室を任せられているひとりだ、その吉永君が慌てているということは、よほど大変なのである。

「局長、コンピュータのパネルが破損して磁場のみだれが生じました。時空間に何か影響が出ているようなんです」

「うむ、奴等のことは後回しだ、管理室へ行くぞ」

室内に入ると時成龍二が必死になって直そうとしていた。

「どうだ龍二」

「あっ、局長、（兄だけど一応社内では局長と呼ぶようにしていた）時間がかかります、それにちょっと気がかりなことがあります」

「何だ」

「どうも時空に穴が開いた可能性があるのです、こちらの画面を見てください」

そう言うと銃で打たれたコンピュータとは別の、左のコンピュータを指さした。画面には多様な線が、くねくねと映っていた。

「ここところ、妙に重なって交差しているじゃないですか」

「うむ」

「そこで磁場のみだれが生じているようなんです、それで時代が重なっているのではと。つまり、時空間に穴が開いたとします、たとえば、何百年も前の時代が目の前にぽっかり、ドアでも開けたかのような状態になっているとしたら、どうなるでしょう」

④「ここはどこ？」

　ちょうどその頃、丘の上で木の根元に寄りかかり、暖かな日溜《だま》りの中、うたた寝をしていたお腹《なか》の大きな母ぎつね、そう、もうすぐ生まれるのでしょう。ところが、急に背中の感触がなくなると後《うし》ろにあったはずの木の下半分がなくなるや、ころりと後ろに転がってしまった。

「あらら、どうしたのかしら」

　きつねは、何が何だか解らず周りを見渡すと、目の前に3メートル程の穴がぽっかり開いて、いつもの森を窓ごしに見ているような光景だった。

　夢でも見ているのだと思い、目をパチクリしているうちに、穴はみるみる小さくなってゆく。

「えっどういうこと？　なくなっちゃった」

きつねは首をかしげると、「それじゃ、ここはどこなの？」とにかく以前住んでいた森とは違うというのは理解できたが、急なことに訳が解らず周りをキョロキョロ見回した。そして気を取り直すと落ち着いて、

「まっいいわ、ここがどこであっても、私はお腹の子を無事産むことができれば」

順応性のあるきつねだった。

そして他でも2ヶ所穴が開き、何種かの動物（うさぎ、ネズミ、鹿）が入り込んでしまった。

それから半年後、山が赤や黄色に色づき始め季節は秋になっていた。

第二章

「時を超えた友情」

「ふーむ、ふーむ、なるほど」白亜紀と呼ばれている時代、1億年前の地球を見てみたいと思い、父親が留守だというのにちょっとマシン（タイムマシン）に乗り込んで、未来からタイムトラベルしてきた、おてんば娘のなつみ（天甦《オーロラ》なつみ）、彼女は10歳、何にでも興味を示し、どんどん行動していく。そして時折見せるあどけない仕草《しぐさ》がとても可愛らしい娘《こ》である。マシンは卵形に翼のついた、コンパクトでキュートなふたり乗りだ。

未来ではいろんなものが手に入るようで、なかなかそうはいかないものもある。誕生日にお父さんからもらった魔法の杖、まさに本物だ。3歳の時のオモチャとは違う、杖の先にある珠はお父さんが発掘した時に見つけたものだ、って言っていた。

なつみは時を超えたところ、自動操縦にせず魔法の杖の使い方の本を読み始めてしまい、それをついつい口に出していた。

「えーと最初に契約の呪文《じゅもん》か、アニ・マニ・マネ・ママネ・ノウマクサマンダ・土《ドッ》天海冥《テンカイメイ》か、なるほど、あとはお願いの言葉、パラリン・パラリン・パッパラパーン、だって。それで、あなたの好きな動物はなんですか？」なつみは父親が冗談《じょうだん》で書き込んだとも知らず、書かれている質問に何の疑いもなく普通に対応していた。

「動物とお話がしたいし、うーんとね、うさぎなんて可愛いなー」

“キラッ”杖の先の方についている水晶（クリスタル）が光る。透明であったはずの珠がオレンジ色に変わると光を放ったその時、“ジュルルル～ッ”なつみはうさぎに変身してしまった。

「チョットー、エーッ!!」

そんなことで、上手に操縦ができるはずもなく、おまけに大きな隕石《いんせき》（星）が横切って、先に飛んでいくと、それを追うかのように同じ方向へ飛んでいく。

どんどん地表に近づいて、隕石が山に“ビューッ　ボーン”続いて“ビューッ　ドカッ”近くに不時着。

「わっいたたたー」なつみは怪我はしなかったものの、マシンは壊《こわ》れ、大事な杖までなくしてしまった。

「あー困ったな、あれがないと元に戻れないぞ」

ちょうどその時、地上で様子を見ていた者達、夜遊びで森をうろちょろしていた子ぎつねの兄弟、兄のフェリックと弟のチョビ、ふたりは偶然《ぐうぜん》にもこの光景を見ていた。

“ゴオーッ！　ヒユーッ、ドカーン!!”

「わぁー、お兄ちゃん大変、お星様がお山にぶつかったよ」チョビが指さすと、

“ジューッ、ドン!!”

「あっまただ、でも今度のは小さいぞ」

フェリックも同じように指さした。

最初の流れ星は山の上部をぶっ飛ばし、大きな穴を開けると辺りに土や石が飛んで、山の形が大きく変わった。

そんなところからこの物語の運命の出会いが始まる。

季節は秋、直径10キロと、さほど大きくはないが自然に恵まれた白亜島《はくあとう》の中央、ドラドラ山のふもとには草花が咲き、森が広がり、恐竜の他、いろんな動物が生息している。ドラドラ山という名の由来は昔、恐竜が支配する以前にドラゴンが数多く住んでいたことからそう呼ばれるようになった。

その白亜島にある森の南側、日当りの良いところに穴を掘って住んでいるきつねの親子がいた。

子ぎつね達は春に生まれ、6ヶ月が経つ。やんちゃな兄弟にいつも手を焼いている母ぎつねの名はアスナ、心配といえば、兄はともかく、どうも弟のチョビが、おっちょこちょいで目が離せないこと。

平和だったはずの森。突然ドラドラ山に星が落ちて森中が大騒《さわ》ぎ、鳥がバタバタと舞い上がり、鹿やうさぎ、恐竜に至るまで走り回った。

「お兄ちゃんすごいなー、ねーねー、もっとお山の近くへ行ってみようよ！」

「よし、行ってみるか」

“ジュー”

「あっお兄ちゃんほらまた」

光るものが山の向こうへ飛んでいった。

「流れ星だよ」

「今日はわくわくしちゃうね！」

「だね」

どうもこのふたりには全く緊張感がないらしい。これからどんなことが起こるとも知らず、自由気ままに行動している。

辺りは星のかけらが散らばったせいか☆キラキラ☆している。

その中でひときわ異なる色を放つものが目に入った。「あっ何、これ！」

チョビはオレンジ色に光るまんまるい珠《たま》を見つけた。手に取るとちょうど、鳥の卵ぐらいの大きさ。

「お兄ちゃん、ほら光ってる、きれいだね」

「きれいだなー、そうだ、家《うち》に帰ってお母さんに見せてあげよう」

「うん」

チョビはアスナに見せた。

「あらーこんな珠初めて見たわ」

光は巣穴いっぱいに広がり、なんとも幸せな気分にしてくれた。次の朝、チョビは家族と楽しいピクニック。お弁当を持って小高い丘の上、花に囲まれたところでふたりは走り回っていた。

「お母さんお弁当まだ～？」

チョビにそう言われ、お昼には随分《ずいぶん》早いがアスナは、「じゃ、お昼にしましょ」

「わーい」ふたりとも嬉しそうに座るとアスナはおにぎりを渡した。

そして自分も食べようと手に取った時、“グルグルグル……”とお腹の鳴るような音、ふと見上げるとそこには動物が自分達の方を……。多分、おにぎりを見て、じっと立っていた。『うさぎさんかな？　バッグをしょって2本足で立っている。ちょっと雰囲気《ふんいき》が違うような気もするけど』アスナはそのうさぎさんがお腹を減らしているのがすぐに解り、

「あの、良かったら一緒に食べましょ」そう言ってためらいもせずに自分のを渡した。

「ありがとう」

「いいのよ、あと木の実もどうぞ」それを見ていたチョビは、

「お母さん僕の分けてあげるね」

「僕のもだよ、お母さん」

フェリックも差し出してくれた。母はとても嬉しかった。

そして横で見ていたうさぎも嬉しくなって『いい親子だなー』心の中で呟いた。

「あの私、なつみといいます、ほんとにありがとうございました」そう言うとなつみはその場を去った。何かお礼ができたらいいなーと思いつつも大切なものを早く見つけなければいけない。再び杖を探《さが》しに戻った。

お弁当が終わり、「さあ、あなた達、私は家《うち》に帰るからふたりで仲良く遊んでなさい、いいわね」

「はーい」

ふたりは追いかけっこしながら森の中を走った。少し行ったところで茶色のうさぎを見つけると、鬼ごっこ気分でふたりで追いかけた。

すぐに野ネズミが横から出るとチョビが追った。フェリックはうさぎを追って左に、チョビはネズミを追って右に、いつのまにかふたりは離《はな》れ離《ばな》れになってしまったが、そんなことには気にも止めず追いかけていると、チョビの右から“ドン！”突然何かがぶつかってきた。

「痛たたたた――」

　頭はずきずき、目はチカチカ、高く生えた草の陰でお互い気づかず走ってきて、出会いがしらにこの有様《ありさま》。チョビは気を取り直してよく見ると、

「あれ、う・さ・ぎ、?」

『何か違うような』「あっ君はさっきの!」

「いったーい」と頭を抱《かか》えるうさぎ（?）

「君は、うさぎさんなのかい?」

「えっうさぎ?」『私、鏡で見てなかったけどうさぎだったのか』

「えっえー」と答えた。

「立って歩いてるうさぎって初めてだよ」

「あっそうね、きっとあなたにもできるわ」

「そうかな、んと、僕はきつねのチョビ」

『よく見るとこのうさぎさん可愛いなー』

「私はなつみ、あの、さっきはありがとうね」

『どうしようかな、私は未来から来たおてんば娘だ、なーんて言えないし、それに今の格好では、ん……それより早く杖を見つけ出して魔法を解かなくちゃ。しばらくこのきつねと一緒にいてみようか、探すのを手伝ってくれるかもしれない』

なつみはそう考えた。

「よろしくね、チョビさん」そう言いながら下を向いて「痛い、痛たたたー」

なつみは頭を両手で押さえるとチョビに訴えた。「ごめんよ大丈夫かい」

「だめだめ私、もう動けない、あの杖があれば元気出るんだけどなー」と目をうるませながらチョビに言った。

「杖？　何だいそれ」

「あのね、丸い石《ストーン》がついてる棒なの」

「ストーン・ボー？　ふーん、そうなんだ」

チョビは全然理解していなかった。

「あのね、もしかしたらオレンジ色に光ってるかもしれない、なんていうか炎の石って感じ、お願い、一緒に探すの手伝ってよ」

「うん、いいよ」

「良かった、あのね、この山の上か周りだと思うんだけど」

「じゃあっちへ行ってみよう」

「あっちは私見たの」

「じゃそっちへ行ってみよう」

『大丈夫かな……』「いいわ、行きましょ」

ふたりは真っすぐ山の方へと歩き出した。

そこへ、“ガサガサ”という音、何かが近づいてくる、“ガオーッ!!”

草木が倒れ、突然現れたのは恐竜イグアノドンだ、9メートル程ある。「わー助けて」とチョビ、いきなりのことにパニック「キャー」となつみも叫ぶ。

なつみは、訳が解らず恐い。

恐いから恐竜というのだ。ただイグアノドンは草食動物なので、この動物の歯がイグアナのものと似ていることからイグアノドン（イグアナの歯という意味）という名前になったそうです、と説明したところで落ち着いて冷静な判断なんてできるはずはない。

あたふたと逃げ回るふたり。木の陰に隠れていなくなるのを待った。そして何とか助かると、

「ハア、ハア助かったわ」胸をなでおろすようにそう言いながら、なつみは石の上に座った。

“グラッ、ゴロゴロ、ドシーン”石が崩れ、なつみは穴に落ちてしまった。

「キャッ、何よもう。ねー、チョビ助けてよ」

「うん今行くよ」そう言うとチョビが飛んだ。穴の中へと……。

「えっなんであなたまで入って来るのよ」

「だって、助けてって」

「……」

穴から出ようと懸命にもがいたけど深い上、ろくにつかまるところもなく疲れて腰を下ろした。

「ふーまいったわ、登れやしない」

ふたりとも口を閉《と》ざして静かになっていった。少し落ち着いたところで、なつみは思った。

『それにしても変だな？　この時代に恐竜がいるのは納得として、きつねがいたりするかな。なんか予想と違うんだ。私、行き先の時代のセット間違えたのかな～。まあ場所によっては独自の進化があってもおかしくはないけど』

いろいろ思いをめぐらせていたそんな時、

“ゴォー、ゴォー”

かすかだが何か音のような、叫び声のようなものが聞こえてくる。

ふたりは耳をすませて聞いた。

それは穴の奥からであった。今まで気がつかなかったが横に、ひとりなら通り抜けられそうなすき間があり、その中から音は聞こえてくるのだった。

「なつみーなんだろ、あの音」

「そうね、どうせ上には登れないし行ってみようか」「うん」

ふたりは暗闇《くらやみ》に段々目が慣れてきたのか、わずかに前が見えるようになると先のほうに針の穴程の出口らしき明かりを見つけ、どんどん進んでいった。やがて歩くのにちょうどいい広さになり、よく見ると周りの壁に光っているものが……『宝石だったらいいな』と思いながら歩く。若干登りが続くが、ゴォーという音がさっきより大きく聞こえて、ふたりは興味がある半面、ちょっと怖い気もした。

「なつみー怖くないかい」

「え〜〜それ言わないでよ〜〜」

何故地面の下にこんな穴が続いているかといえば、昔は地下水が流れていたためにできた道だったのだがふたりには迷惑な話だ。

何はともあれふたりは行けるところまで行ってようやく行き着いたところにぽっかりと空間が広がっていた。ふと見上げたふたりの目に映ったものは……⁉

「うわぁ〜〜っ」「シー」

すぐに口を押さえ、目を白黒させながらあとずさりした。穴の陰に隠れ、そっと様子を伺《うかが》った。

そこにいたのは紛《まぎ》れもなくドラゴンであった。『なんでこんなところにドラゴンがいるのよ』

「あっ」なつみは自分のマシンが山にぶつかった時に地下で眠《ねむ》っていたドラゴンが長い眠りから覚めたのかな？　と思った。

“ゴオーッ”あちっ、見つかった？

ドラゴンの炎がこっちに‼

あわてて身を隠した。間を置いてなつみは少し顔を出して周りを見てみると、「あー」わずかだけど空が見える。そして上から光が差し込んでいる。上に穴が開《あ》いているからドラゴンが出たがっているのが、解った。それに大変なものを見つけた。おそらく、上から落ちてきたのであろう。

「あったー」なつみは叫んだ。

「チョビ見つけたよ、あれ♪」そう言いながらドラゴンを指さした。

「えっあのドラゴンかい？」

「違うの、杖よ、棒、棒よ」

「あの、スットンボーってやつだね」

「まあそれよ、あのドラゴンの背びれの間に挟まってる棒よ、あれが必要なの」

「あれかい、で、どうやってもらうの？」

「そんな、簡単にくれるわけないでしょ」


その頃、兄のフェリックスはというと、チョビとはぐれたのに気づき探していた。フェリックは、山の見晴らしから下の方へ向かって叫んだ。

「チョビー。チョビー」

随分大きな声を出したので足元の砂が崩れ、中腹に開いた山の穴の中へ蟻地獄のように吸い込まれていった。

「わー大変」と言いながら、もがくもがく。それでもどんどん吸い込まれ、ギリギリのところで石につかまると何とかこらえた。

しかしどうも足元に何の感触もなく宙ぶらりんという感じだった。

早く上がらなくちゃいけないと焦る。

懸命に足をじたばたしていると“ゴォーッ”という音がして「アチーッ」お尻に火

が点いた。そのひょうしに手を離してしまい、スポッと落ちると穴の下に積もっていた砂にはまった。

「ねー見た⤴？　誰か落ちてきたわよ」

「あっあれ、兄さんだよ」

「えっそう……なんか、解るような気もする」

フェリックはドラゴンに気づくと、慌てて岩陰に隠れた。

「まいったな、なんでこんなところにドラゴンがいるんだよ、それにどうやってここから出たらいいんだ」

フェリックは独《ひと》り言を言った。するとそこへ、「兄ちゃん、兄ちゃん」と声がした。

「えっチョビかい、どこにいるんだ」

チョビはドラゴンを挟んでちょうどフェリックの反対側にいた。声に反応してドラゴンがキョロキョロ。

「何者だ、ここへ何しに来たー」

初めてドラゴンが口を開いた。

「あのー僕達、穴に落ちたらここに来てしまったんです。それで、あと探し物があって……何だっけ？」とチョビはなつみに振る。

「杖よ、あなたの背びれの間に挟まってる棒が欲しいの。お願い、私それがないと困るんだ」

「フン、知るもんか」

ドラゴンはそっけなく言った。その時、チョビは何を思ったか小石を手に取ると「えいっ！」と投げた。

“ゴツン”杖を落とそうとして的《まと》が外れ、ドラゴンの頭に当たってしまったというところである。

「コラー俺様に何をする」

“ガー”と火を辺りに吹き、ドラゴンはドタドタと暴れ出した。“ズッシン、ズッシン”

「キャー怖い」

なつみは思わずチョビにしがみついた。

「あれっ？」

チョビはその時、すでにかたまっていた。

“ゴロゴロ、ゴロ”大きな石が崩れ落ちて転がってくると、

「ウギャー！」

ドラゴンが声を出した。尻尾が石に挟まれて身動きができなくなってしまったのだ。

その様子を見てフェリックがふたりのところへ走ってきた。

「おいチョビ、チョビ」チョビの肩をつかむとゆすった。

「えっはっ？」チョビが我に返ると「あっ、お兄ちゃん」

兄弟はようやく会うことができたのは何よりだが、問題はこれからどうするか、ということであった。

「あの私、なつみと言います、お兄さん」

そう言われ、「僕はフェリックと言います、よろしく」ちょっと格好つけてしまった。

「あの、お願いなんですが、あのドラゴンの背びれの間に挟まっている杖があるでし

ょ、あれが欲しいの。ねーチョビとふたりで、なんとか取ってきてもらえないかしら」

「そうか、よし、そーっと近づいてみるよ」

1歩、2歩、3歩……、ギロッ！

ドラゴンが気づいて振り向いた。

“ダダーッ”、慌てて戻るフェリックス、なつみは気持ちを落ち着かせ、勇気を出した。

「あの、ドラゴンさん、その背中のやつを取らせてもらえないかしら」

「ん〜〜よーし、それじゃ、俺の、尻尾の石をどけてくれ、そうしたら取らせてやろう」

『これでなんとかなるな』なつみは思った。

ドラゴンが大人しくなると、3人で力《ちから》を合わせて大きな石を押したが、びくともしない、なつみは座り込むと「困ったわー、何か長い棒でもあれば、テコのかわりになるんだけどなー」

「これじゃだめかい」

そう言ってフェリックが棒を差し出した。

「あっこれ、私の杖じゃない、いつのまに！」

「これさえあれば、もう逃げちゃおか」

「だめだよなつみードラゴンさんと約束だもん」チョビに言われ、

「冗談よ」そう言って素直に諦めた。

杖を石の下に差し込み3人で力を合わせて、

「よーいしょ」ゴロゴロ〜〜、「やったー！」「もうこれでOKね」

ドラゴンは、尻尾をくるくる回して喜んでいる。「よおし、私の杖♪」と言って手に取って見ると「あ〜〜っ曲《ま》がってる〜〜大丈夫かな……しくしく、くしゅん」

「大丈夫、だいじょうぶ」とチョビはなつみを励《はげ》ます。チョビはどうも細かいことは気にしないのか、能天気なところがある。

「ない、ついてないの、ファイヤー・ストーンがなければ、何もできない！」

いつのまにか名前を付けている。

「なつみ、僕が探すのを手伝うから」

「うん」

フェリックに慰められ、杖を石で叩いて真っすぐに直すと、気を取り直して、

「とりあえずここから出ましょ」

そう言われたフェリックは壁を登り始めた。なつみとチョビは横穴へ歩き出した。

「えっなんでそっち」

3人が同時に振り向き、一斉に声を出した。そこへ、

「おーいお前たち、俺をここから出してくれないか」

とドラゴンの声。まさかドラゴンがそんなこと言うなんて、3人は戸惑った。

「どうしようか」

なつみはチョビとフェリックに問いかけてみた。

「やってみようか」フェリックの迷いのない返事、「うん、僕もいいよ」とチョビ。

3人は少しの間、考えた。

「あの」なつみが最初に話し始めた。

「つまり、あの上の穴がもう少し大きければ出られるんでしょ、だから、何とかして

……？　やっぱり無理かしらね？」

その言葉に答えるかのようにフェリックが、しゃべり出す。

「あのさー僕、上から落ちてきたんだけど、たとえば、上の方の岩を転がしてこの穴にぶつければ天井が崩れて、もっと大きな穴になるんじゃないかな」

「そうね、なかなかいいこと思い付いたわ。フェリック、あなたがやってくれるんでしょ」

「やっぱ、そうなるわけか」

覚悟を決めると、フェリックは岩壁《いわかべ》を登り始めた。すると、スーッとドラゴンが首を伸ばしてフェリックを頭に乗せると上の穴に近づけた。

「わおー、ドラゴンたら優しいところあるじゃないか」フェリックは嬉しくなった。

「お兄ちゃん！」「えっ」突然チョビの声、チョビは、ドラゴンの尻尾から、〝タターッ〟とかけ登ってきたのだった。

チョビとともに、あの自分が落ちてきた穴から再び山の上に出ると、フェリックはちょうど転がりそうな、大きな石を見つけた。

「これならバッチシいけるぞ」

チョビとフェリックは「よいしょ、よいしょ、イケー」“ゴロゴロ”“ゴロゴロ”石は穴に向かって転がっていく、“ズボッ”……

「あれ、お兄ちゃん、はまっちゃったよ」

「……」

ちょうどスッポリ、穴に蓋をした状態になってしまった。

中ではドラゴンが目をまんまるにして口をポカーンと開けた。ショックだ!!

「ねードラゴンさん、大丈夫よ、きっとなんとかなるわよ」傍らにいたなつみの声も、あまり励ましになっていなかった。

“ドン、ドン……ドンドン”

何やら上の方で音がしている。

「なんの音?」なつみは首をかしげた。

上のふたり、チョビとフェリックは、というと石の上をピョン・ピョン飛びはねたり、棒ですき間をつついたりしていた。

“ササーッ、ザラ、ザラ” わずかにすき間から砂が落ちてくる。このふたり、前向きで熱心なところがあるのか、なかなか頑張っている。さらに “ドン・ドン……ザザー” ～～ “ドシン‼” 轟音《ごうおん》とともに石は落ち、上から光が差し込んだ。これでドラゴンが飛び出すのに十分な大きさの穴が開いた。

「すっごーい、やったね！」

なつみは飛びはねて喜んだ。

「痛たたた～～」

ふたりは石に乗ったまま落ちてきて尻もちをついた。

その時、“バサッ・バサッ” と音を立て、ドラゴンが翼を広げ、今にも飛び出そうとしていた。

グラグラグラ～～、突然の揺《ゆ》れ、

「わー地震だ」

チョビは立つのもやっとでふらふら、なつみとフェリックは壁の石につかまった。

周りでは “ザザーッ” “ゴロゴロ” 石や砂が崩れ落ちている。

意を決して、ドラゴンが舞い上がる瞬間、「みんなー」なつみの声で、一斉にドラゴンにつかまった。チョビは背中に飛び乗り、頭の方へ、フェリックは尻尾に、なつみは足にしがみついて、開いた天井から飛び出した。あっという間に上空に出ると、山を見下ろしてみた。

「あっ私のマシンが！」

少々壊れた感じで山の頂上より右下、今飛び出したところの近くで横たわっていた。山の上を一周するとドラゴンは南の方へ飛んだ。なつみはドラゴンの背に上がると右手で彼の首を撫《な》でるように、

「あー助かった、ありがとう、私なつみ」

なつみがそう言うと、ドラゴンは嬉しそうに、ニコッとした口元から牙を覗かせた。

「ねーあなたの名前はなんて言うの？」

「俺かい、名前なんてないよ、卵から生まれた時からひとりであそこにいたんだから」

「そうなの、じゃ私が名前を付けてもいいかしら、そうねードラゴンだし、親しみを

込めて呼びやすくドラ、でいいかな」「おー」そこへいきなり、ヒューッ、ドカッ、「キャーッ」大きな翼を持った翼竜《よくりゅう》が襲ってきた。プテラノドンだ。

普段は海辺の断崖に巣を作り、おもに魚を捕って食べているはずなのだが、まれに、森の方へも飛んでくるようだ。

ドラにつかまっている3人を獲物《えもの》と思い、奪《うば》おうとしているのだ。

ドラはガーッと火を吹いて威嚇《いかく》した。その隙に3人を地上に降ろすと、パッと舞い上がり、翼竜に立ち向かった。

翼竜はガブリとドラの腕に咬みついてきた。

「うぐっ」

痛いがドラは少しも動じず、相手の顔面に頭突き。「この野郎」

そして急降下、追ってくるのを確認するとその勢いでくるりと宙返り、翼竜の後ろに回った。“ガーッ”と火を浴びせる。そのまま体をひねり、大きな尻尾でドカッと叩き落としてやった。

やつはヒューッと森の中へ落ちていった。

「わっはっは、俺に喧嘩を仕掛けるやつが悪いのだ」ドラはみんなのところに降りてきた。

咬まれた腕を見てなつみは、

「ドラっ大変、なんとかしなくちゃ、あっそうそう、私ね、いい薬を持ってるの」

なつみはそう言って、バッグから小さなビンを取り出し、ドラの傷口に塗ってあげた。

魔法のような薬だ。傷口はみるみるうちに治っていった。

「わおー」

チョビやフェリックが驚きの声を上げた。

「ドラ、ありがとう、私達を助けてくれたのね」

なつみはドラの首に手を回し、ギュッとした。

ドラは尻尾をバタバタして、妙に嬉しそう。

なんだか、みんな意気投合して、いつのまにか友達になっていた。

“グラグラ〜〜”わずかだけど地震はまだ続いていた。時折小さな揺れを足元に感じる。

「初めてだねお兄ちゃん、こんなに地面が揺れてさ」

「んー何だか大変なことが起こりそうな気が……」

“グラグラグラ！　ドド！”突然激しく揺れ出した。

“ドカーン！　ボッ！”ドラドラ山の大噴火《ふんか》。

「きっとあのお星様がぶつかったせいだよね、お兄ちゃん！」「そうかも」

“ピューッ、ドン、ドカッ”

「ヤバイ！　火山弾が飛んでくるわよ」

なつみが叫ぶ、それだけではなかった、溶岩が流れ出そうとしている。

「大変だよ、このままじゃ森が全部燃えちゃうじゃないか、早く母さんに知らせないと」

フェリックが珍《めずら》しくお兄ちゃんらしいことを言った。そうこうしているうちに溶岩は流れ出し、山の木を燃やし始めている。

「チョビ行くぞ」

フェリック達は母の元へと走り出した。なつみも続こうとした。しかしドラは走るのが苦手、ドラはなつみの足元に頭を出すと、ヒョイッ！　と首元に乗せた。

「キャッ、びっくりした」

そしてバサーッと舞い上がりチョビ達を追った。上空から、

「ねーみんな聞いて、私のこの杖、魔法の杖なのよ、なんでもできるとは言わないけど、多分溶岩を止める方法があったはず」

そう言われ、下を走っていたチョビとフェリックは立ち止まり上を見上げた。

そこへドラが降りると話が始まる。

「えっ森が燃えないですむの？」チョビは尋ねた。

「うん、ただ、ここ、杖のここにあったはずの珠がないとだめ、それに呪文があるの、私ね全然覚えてないからマシンに戻って本を探さないといけないのよ、あそこ」

指を差しながら、

「あの山の右側辺り、まだ溶岩は流れていない方だから多分、取りに行けると思う」

「じゃなつみ、そうしようよ」

チョビの言葉に、フェリックも頷いた。

「本はともかく珠をどうやって探すかよ、そんな時間なさそうだし、無理かなー」

なつみは首をかしげた。

「とりあえず母さんに知らせないと」

巣穴までもうすぐのところまで来ていた、チョビは走った。

「母さん、たいへん、大変、お山が噴火して森が燃えちゃうんだよ」

「えっどういうこと、火事なの？　大変だわ」

「早く早く、ここだって危ないんだよ」

「わかったわ」

アスナはチョビにせかされるように外へ出た。

「あっそうだ」

チョビは、忘れ物をしたようで穴に戻ると、宝の箱を抱え、慌てて走って出たところ、ちょうど小石につまずき、ゴテン！

箱からは珠がコロコロ～～。

後《あと》から来たなつみの足元へと転がった。

「あっ、こっこれっ！」なつみはその珠を手に取ると叫んだ。「これよ、私の珠！」

「えー!!」みんな同時に声を発した。これでなんとかなる可能性が出てきた。

「よっしゃー、ドラ行くよ、チョビ達は安全なところへ避難してね」

なつみがドラに跨がると、ドラはバサッと音を立て翼を広げ、格好良く飛び立った。

山の方からは煙もすごいが、火山弾が容赦なく飛んで来る。

「もう少しよ、ドラ、山の右側に回って」近づくにしたがって危険度が増す。

“ボン、ヒュー”いくつもの石がドラの脇をかすめる。“ヒュードカッ”よけきれず

「グワッ、ウグ〜〜」ドラの翼に当たり、よろめいたその時「キャッ」なつみが投げ出されて落ちていく。

ドラはなつみを救わんがため急降下、痛いなんて言ってる場合ではない、100メートル、50、あと20、間一髪のところでなつみを背に受け止め、ドラはそのまま、グライダーのように滑空してなんとか地面に降りた。ふたりとも、心臓がドキドキしている。

「なつみが無事で良かった」

ドラが優しいことを言う、ただ、もうドラは飛べそうにない。

「ドラ、死ぬかと思ったよ」

なつみは怖かったのか、目に涙を浮かべてドラに抱きついた。

ドラの翼は痛々しく、傷ついている。

ドラは自分が痛くてもなつみを守れたことで、ほっとしていた。そんなドラになつみは、

「ドラ、今、薬をつけてあげるからね」

そう言ってなつみはバッグを開けるつもりが「ナイ！」上から落ちる時、バッグをどこかになくしてしまった。

「大変、困ったな、私、何もできないよ。ドラ、ごめん、ごめんね、あなたにばかり痛い思いさせちゃって」

ドラの首に手を回すとそう言うしかなかった。

一方、チョビ達はふたりが落ちる様子を離れたところから見ていた。

「大変だよ、お兄ちゃん」「行くぞ」

ふたりは走った、早く走った。

いつものチョビよりずっと早く。数分でなつみのところに着くとふたりの姿を見てチョビは言った。「僕とお兄ちゃんとで、取って来るよ、本を持って来れば、みんな助かるんでしょ」

なつみはチョビのことがとても頼もしく思えた。「チョビ、フェリック、お願い」

ふたりは走った。

チョビは途中転んだり、飛んでくる石をよけながらも、フェリックと励まし合って、山の中腹まで登った。そしてタイムマシンを見つけると近づいていった。窓ガラスが割れ、ドアが開《あ》いた状態になっている。

中を覗き込むと、「ある、あったよ、これだね」チョビが本を取り出した時だった。妙に背中が熱い。「あっ」振り返って見ると溶岩が自分の方にも流れてきている。

「早く、早く」フェリックに言われ、慌てながらもチョビは本をしっかり抱えて走った。溶岩は山をなめるようにして降りてくる。

そして木々を燃やし煙を上げている。

その頃なつみは山の方を見ていた。溶岩の流れが自分達の方に及ぶであろうことを悟った。ドラは飛べない。すぐにでも、ここを離れなければならないとなつみは思った。しかしここを離れてはチョビ達と会えなくなってしまう。ぐるりと周りを見渡したが小高い丘などない。まずは一刻も早く安全なところに行かなくてはと思う。

「ドラ、こっちよ」

溶岩の流れる方向を避け、右の方へ進んだ。

大丈夫かなと後ろを振り返ると、とんでもない。流れはいつのまにか、２つ、３つと分かれ、こちらを追いかけるようにせまってくる。

「ドラ、急げ！」

走る、走るが、「うわっ」前からも来た。

完全に狭まれ、もう下《くだ》りしかない。下る、いや、「だめー」ふたりはついに囲まれてしまった。

「熱い熱いよー」「うおー」

ふたりは少しでものがれようと斜めになった大木を登り始めた。これならドラでも登ることができた。熱さはなんとかしのげる。しかしいつまでもつのだろうか。やがて根元に火が点いた。ギシ、ギシと音を立て木は少しずつ倒れてゆく。ギィー、“ドタッ”

「キャーッ」木は倒れ、ふたりは溶岩の流れをまたいだ別の地面に放り出された。

「もうだめ、えーいやってみよ」なつみは杖を出し「パラリン、パラリン、パッパラパーン溶岩よ止まれ！」全く反応しなかった。

「やっぱだめじゃん、なんかあるのよ」

「なつみー」

「？　チョビ？　チョビの声がする」

「なつみーいくよー」“ビューッ、ゴツン！

「いったーい」本がなつみの頭に当たった。

「うわーやったーチョビ、フェリック!!」

チョビ達はすぐ前の岩の上にいた。

なつみは急いだ。「えーと」パラパラと本をめくる。

「不調の時のリセット呪文がある……えーとノウマクサマンダ revive-revive《リヴァイヴ》、甦れそして我の元へ」

すると消えそうな程弱かった珠の光があふれんばかりに明るく辺りを照らす。

「パラリン・パラリンパッパラパーン、溶岩を凍《こお》らせて！　大三元《ダイサンゲン》、ブリザード！」と呪文をとなえ、杖をひと回しすれば、キラリ、珠がさらに光ると溶岩に向かって強い光線を放った。

たちまち、ビシッと凍りついて白くなっていくと、溶岩の動きがピタリと止まった。

水蒸気が上がり辺り一面が霧に包まれた。シーン、と一瞬の静けさがあり、その後《あと》
「うわ♪」みんなから歓声が上がった。そして4人は飛び跳《は》ね抱き合って喜んだ。

「ドラ、痛かったでしょ、すぐ治すからね」

なつみは心を込めて杖をひと振り、ドラの翼がピーンと元通り。さらになつみがグルグルと大きく杖を回し「緑一色《リュウイーソー》！」、空から光が降り注ぐように焼けた木々を元の緑に戻していった。

「すっごーい、やったね」

チョビがやたらと大喜びだ。ただ凍った溶岩はそのままだった。なつみにはちょっと考えがあったのだ。

「ねーなつみって魔女うさぎなの？」

チョビに見つめられ、そう言われたものの、照れ臭くて、

「なんだろうな？　それはそうと、みんな、ちょっと遊ぼうよ。山の上から氷を滑ってみたいな。ドラ、連れてって♪」

「まかせな」

ドラはみんなを背に乗せ、山の頂上へ。

「わぁーでっかい滑り台だ」チョビは大はしゃぎ。

「すごい長さの滑り台で、はっきり言って怖いくらい」なつみは自分で作っておいてそんなことを言っている。

「僕一番乗りー」チョビが真っ先にいった。『やっぱり能天気』なつみは思った。シュー「それじゃ私も」“シュー、シュルルー”「うわーお尻が冷たい」

自分達が楽しんでいる頃、森から逃げていた動物達がそれぞれに戻ってきた。以前とは景色が少し違うけど、これはこれでいいんじゃないかなっと、みんな納得した様子だった。

「チョビー、フェリックー」

アスナが子供達の名を叫びながら走ってくる。

「あっお母さんだ」ふたりは喜んだ。

「お前達、無事で良かったよー。私はずっと探してたんだよ、怪我はないのかい」

「うん、大丈夫だよ」チョビが答えると、

「ごめんね、母さん」フェリックが言った。

『あーあさっきの溶岩のせいで私のマシンは溶けてぐちゃぐちゃだろうな。もう自分の家には帰れないわね、魔法でなおるかな？　だけど、まずは私、元の姿に戻らないといけない』

「みんな聞いて、実は私、本当はうさぎじゃないの」

「えーー？？？」ドラが一番ビックリしていた。

皆《みな》が見守る中、なつみは本を開き、

「パラリン、ドラドラ嶺上開花《リンシャンカイホウ》！　元の女の子に戻れ♡」キラ☆☆

なつみがキラキラと光に包まれ、可愛らしい人間の女の子になった。

やがて光はスーッと消えていく。

「うわー」「えー」「ほー」

みんな口をポカンと開けてビックリ、ドラはと言えば何故か赤くなって妙に気に入った様子だ。

「みんな、私、人間じゃだめかな？」

皆《みな》が、首を横に振って、全然全然ＯＫである。

「可愛いよ」チョビが言った。

「そーおっ」なつみは嬉しかった。

「ドラ、私のこと何度も助けてくれて、ありがとう。チョビ、フェリック、あなた達のおかげでみんな助かったわ」

そんな話をしていたところ、“ゴーッ、ヒュー”何か音が聞こえてくる。

「上だーッ」フェリックが空を指さすと、そこには丸い物体が宙に浮かんでいる。どう見たって、ＵＦＯだ、みんな見たこともないものなのでビクッとした。

それは明らかに未来、あるいは他の星からやって来たものだと見当がつく。

ただ、なつみだけは『あれーもしかしたらＮｅｗタイプ』なんて思っていた。

「そこにいるのはなつみか」

上空の乗り物からスピーカーを通して声がしてきた。

「えっ、お父さん！　どうやって、ここが解ったの」

「愛だよ。なーんてね、実は管理センターで調べてもらってな。ついでに、こいつ

（ＵＦＯ型タイムマシン）を借りてきちまった。なつみ、急いで、すぐ戻ってくれ、母さんが倒れたんだ」

「えっ、お母さんが」

「今、そこから吸い上げるから」

父がそう言うと上空のマシンの下の口が開くなり“グイーン”こちらの話を聞く間《きま》もなく、グルグルとなつみは竜巻のような光に包まれて、ふわーっと浮かび上がるなりマシンに吸い込まれるように上がっていく。

「あー待って、まって、みんなにさよならだけでも言わせて！」「あっ」

じたばたした時に杖を落としてしまった。

「みんなー、必ず戻ってくるからー」最後の一言《ひと》を残してなつみはそのまま中へ消え、入り口も閉じられた。

“ゴロン”“カタ！”ドラの目の前に杖が落ち、慌てて拾ったドラはマシンに向かって「なつみー」他のふたりも「なつみー」と叫んだ。マシンからは何の返事もなく“グイーン”と音だけを残して、スーッと消えてしまった。

そう、なつみは父親に連れられて自分の時代に帰っていった。
ドラは急な出来事に思いをつのらせ、持っていた杖をギュッと胸に抱えた。

第三章

「謎の敵」

それから1億年後、元の時代に戻ったなつみは、あれからすぐに病院に行くと、父が大騒ぎしたわりには、なんてこともなく、軽い貧血で、母はすぐに病院を後《あと》にしたのだった。

『でも大したことなくて良かった』なつみは胸をなでおろした。

月日は変わり、なつみが12歳の時である。

ポカポカとした春の日差しの中、１台のジープが丘の近くで止まった。

「さーなつみ」そう言うと父（光影）はなつみを車から、優しく抱き降ろした。

「すぐそこに見えるのがそうだ」

父が指さした目の前の岩肌から、幾重にも重なる地層が見える。

父の後《あと》について程よく行くと、テントが一つ張りっぱなしになっていて道具は中に用意されていた。

考古学好きの父に同行して化石の発掘を手伝いにやって来た時のことだ。“コン、コン、コン”そして優しく“サラサラ”と砂をハケで寄せた。

「うむ、なつみ、こっちだ、見てごらん、これはすごいぞ」

何やら恐竜の頭のようなものが出てきた。

「やったね、お父さん」

ふたりは慎重に土をけずり、半分程出て来たところで卵《たまご》程の大きさの透明な珠《たま》が出てきた。

「水晶だろうか」

「なつみ、きれいな珠だぞほら」

なつみが珠を受け取ると、まるで生を受けたかのごとく、明るさを増し、わずかに赤味をおびてきて、中で炎が燃えるかのような動きが見える。色は透明感のあるビワ色という表現が解りやすいかもしれない。

「不思議な珠だ」

それだけではなかった。どうも、それを収《おさ》めていたであろう棒状の形の跡が、くっきりと残っていた。

石（結晶）は永遠でも金属は土に返る、しかしそれがどのようなものであったのか、はっきりと解った。

「こんなことがあるんだ、なつみ」

それは間違いなく父（光影）がなつみにプレゼントしたもの、痕跡《こんせき》を見てはっきりと確信したのだった。最初は普通の水晶（クリスタル）であったはずだが魔法を使ったことで、魂が入ったかのように珠が、自ら光を発していた。それが長い間、土に埋《う》もれ、消えうせていたところが、主《あるじ》を慕《した》うかのように再び光を取り戻したのだ。

「えっ、これって、まさか私の杖！　だって……あの時、落として……。じゃあ、ドラ、ドラッ！　この化石って、ドラなの！　そんな！」
なつみは声を失った。偶然の出来事に父親も驚き固唾《かたず》を呑《の》んで見守った。しばらくして気を取り直したなつみは、そっと撫でるように、土をよけ始めた。一言も何も言わず、口を閉ざし、ただ、ただ黙々と手を動かすなつみ。やがて、ドラの体は全て出た。

目の前のそれは間違いなく、なつみの友達のドラだった。大切そうに杖を抱きかかえたドラの姿が、とても切なく見えた。

『あの時、私が落とした杖を大切に持っていてくれたのね』

なつみは胸がキューーッとしめつけられる思いがした。ドラの思いが偶然を呼び、時を経《へ》て、やっと会うことができたのだった。

なつみにとっては、わずかな時間だったかもしれないが、ドラにとっては、とてつもなく長い長い時間。なつみは、もう何もしゃべることのないドラの顔を優しく撫でると、言葉にならない思いが込み上げてきて、そっと頬を寄せた。

目の前のドラからは冷たさだけが伝わってくる。なつみの目からひと雫《しずく》、また、ひと雫と涙が落ち、乾《かわ》いたドラの顔をぬらした。

『ドラ……ドラ…私も会いたかったよ』

なつみはしばらく動こうとはしなかった。

ドラの思いは伝わった。
しかし、自分が冷たくなる前に渡したかったただろうな。

「ねーお父さん、ドラの尻尾がないの。ここで切れてて、どっかに離れて埋もれてないかな、一緒にしてあげたいんだけど」
そう言ってみたものの、父、光影は何やら集中している。掘り出した化石をじっと見ながら、さらに上を指さし、こう言った。
「どういうことだ、んー、いったい、この時代に何が起きたというんだ」

「どうしたのお父さん」

「あのな、このドラゴンよりちょっと上の層、何万年かの差はあるだろうが、若干土が黒いだろう」

「うん」

「それが、この辺一帯にずっと広がってるようなんだ。おそらく何か気象の変化や火山の噴火のようなことがあったのだろう」
※説明※その件に関しては恐竜の絶滅にもかかわり、のちのち、同じような地層が、世界各地で確認され、地球規模のものであると判明した。それは、およそ６５００万年前、大きな隕石が地球にぶつかって、その灰が地球全体をおおい、太陽の光をさえぎってしまったことで、やがて恐竜たちは全滅していったのではないかとされている。
（略）

「あと、それだけではない、妙なんだ、ここ、このドラゴンの首のところを見てごらん」

そう言うと父は指さした。

「何、お父さん」

そこには、首の回りをぐるりと、一回りの太い線が見える。まるで首輪のようにも見えた。だからこそ、不思議なのであった。

「ね、お父さん、もし、これが、首輪だとしたら、どうだっていうの、ねー」

「つまり、もし人間の仕業だとしたら、その６５００万年前の時代には、人類がまだ存在すらしていなかったはずなんだ、人類はせいぜい２００〜３００万年前の時代。なつみ、お前の持っていった杖の跡（化石）だって、本来はおかしなことなんだ」

「うん、じゃ、もしかしたら」

「そう、宇宙人か、あるいは私達のこの時代から誰かが行ったとしか考えられない。いずれにしても、正体が解らないだけに、何の目的があって、そこにいたのかは見当もつかない」

「ねえ、お父さん、ドラの首に輪が巻かれてたってことは、誰かに捕まって殺されたかもしれないっていうことなの」

「ありえるな、もしかしたら密猟者かもしれないな」

「えっ密猟者？.」

「ん～タイムマシンで昔の時代へ行って珍しい生き物を捕《と》らえ、現代で見せものにしたり、売ったりする奴等だ」

「ひっどーい、だけど、ここに化石があるんだから、ドラは逃げたっていうことでしょ」

「そう思いたいな」

「あのーお父さん」

なつみは急に真剣な眼差しで、

「ドラを助けに行かなくちゃ。いいでしょ」

「そうか、お前のことだから、止めたところで、どうしたって行くんだろ」

「そうよ、もちろん」

「さっき言った地層に残された黒い土を見る限り、のちのち何かとんでもないことが起こることは確かだ。いいか、時代のセットを間違えないように。とにかく怪我のないよう気をつけてくれ、どうだ真偉に、一緒に行ってもらったら」

「姉さん！　……どうなっちゃうの。もし歴史が、まるごと変わっちゃったら大変だよ、お父さん」

「いや、そこまでしないと思うけどな、どっちにしても、お前ひとりじゃ危ないから、一緒に行ってもらった方がいいだろう」

「確かに、これ以上心強い人はいないと思う。じゃ、そうする」

その姉さんの名は天甦真偉（オーロラ・マイ）。15歳、中学3年生とはいえ、半端ではない。とにかく強い。自己流空手ながら、小学生の時、すでに二段の相手を倒した。

　空手の検定を受けにいったが小学生だったので断られ、その後、さらに独自の技を合わせ持つケンカ殺法とした。中学校なら、強い男子生徒だっているのに、この娘にかなう者などひとりもいない。ただし、不良ではなく、正義感の強い立派な人間だと本人は自称している。

　弱きを助け、強きを挫《くじ》くの精神で、自分より強そうな相手や、悪いやつとしか戦ったことはない。それも正義という名の下に。

そんな姉さんの真偉。普段は美人で優しく、頼れる女性なのです。その真偉が最近ではエアー・ショットに夢中になっていて、

※説明※エアー・ショットとは空気をしぼり圧力を加え、解き放つ、いわゆるエアガンの一種

大会にも出場する腕前、というわけで、なつみは家《うち》に戻ると、

「お姉ちゃーん」

「何、どうかしたの？」

「あのね、私、過去に戻って友達を助けたいの、お姉ちゃん一緒に行ってくれない？」

「おー、そういうことなら、喜んで行っちゃうぜ。それで過去って、いつ頃なんだ。2年くらい前か」

なつみは首を横に振って、

「うーん違うよ、あのね、1億年前の白亜紀っていう、ちょっと危ない時代なんだけど」

「えっお前、そんな時代《とこ》にも友達がいたのか、交友関係広いな」

流石の真偉もあきれた様子だった。

「ほんじゃ、すぐに仕度をしてくるから」

すくっと立ち上がり真偉は部屋へ戻って、ごそごそ。そして、何故か、ウキウキして出てきた。

なつみが何も言ってないのに、まさに戦いにでも行くような格好して出てきた。

「おう、行くぞ！」

父、光影が過去行きのトラベルチケットを取ってくれた。もちろん、余計な時代に行かないようセットしてのこと。今回、なつみは堂々と行ける。前回のお出かけは無許可で行ってしまい、後《あと》で父が精算したのだった。

どういうことかと説明すれば、この時代、タイムマシンとて、必要とあらば手に入るが、未来や過去に行くためには、時成氏の管理するセンターのコンピュータにアクセスして、チケットを手に入れなければならない。そうでないと、歴史がぐちゃぐちゃになったり、営利目的で犯罪に走る者が出てしまうからである。

そのために各マシンには行き先確認用マイクロ発信機が組み込まれている、というわけだ。

「さあ、行くよなつみ」

「はい」

ふたりはマシンに乗り込んで、シートに座ると、妙な気配《けはい》、

「わっ!」「キャッ!」

背後から、いきなりの声になつみはドキッとした。与一（ヨイチ）である。

私達は3人姉弟。与一（通称ヨッピー）は、一番下で5歳。つまり、7つ下の弟で、けっこう年が離れてるのは、単なる親の気まぐれか?

「どうしたの、ヨッピー。私達、これから出かけるのよ」

「お姉ちゃん、僕も行くよ。お願い」

「えー、どうしよー」

なつみは姉に視線を向けた。

「連れてっちゃおか。ヨッピーは男の子なんだから、私達をちゃんと守るのよいいわね」

真偉はとんちんかんなことを言っている。

「うん」与一は、単純に返事だけはしっかりする。

「それじゃ行くよ、みんな。シートベルトを締めて」

「はーい」

“グイーン、キラキラ〜〜”スーッ！

光とともにマシンは消え、時間《とき》を遡《さかのぼ》っていく。やがて、ふわーっと目の前が明るくなり、視界が開けた。わりと上空を飛んでいる。

目の前には森が広がり、あの懐《なつ》かしい滑り台が確認できた。時間は間違いない。そのまま進む。「あっ」なつみはやや下の方に見覚えのあるＵＦＯ型のマシンが滞空しているのを発見！

それは、まぎれもなく、父、光影の乗ったマシンだった。そしてまさに、その下にいるのはなつみ。つまり、自分自身である。

それは、とても不思議な気分だった。

とりあえず、そのまま通り過ぎ、少し離れたところで降りることにした。その頃、ドラ達に怪《あや》しい影が近づいていた。

「おいおい、見つけたぞ」「恐竜か」「違う違う、すごいぞ、ドラゴンだ」「ほんとか」

3人の男達が木の陰でごそごそ話をしている。口髭の男がリーダーだろう。赤シャツの男ともうひとりのロングヘアーで黒シャツの男に何かを指示している。やがて男達は少しずつドラに近づいていった。ドラは、なつみが乗ったマシンが消え去った後《あと》もじっと空を見上げていた。

それはチョビ達も同様だった。

“ジュッ！”「何だこれ」

ドラは、いきなり、首にロープを巻かれてしまい、取ろうとするが、引っ張っても取れない。「うわっどうしたの」

チョビが気づくと、ドラの後ろには、3人の人間がいる。それも、目つきの悪い奴等だ。バタバタとドラが暴れ、飛び上がる。

「おっとー」ロープを持った髭の男（以後、リーダーとする）が浮かんだ、慌てて他のふたりが押さえに入る。

流石にドラでも、３人の男につかまれては飛び上がれない。ドラの抵抗むなしく地面に引き戻された。

「さあ連れていくぞ」

リーダーが言うと、あとのふたりはドラのロープを引いた。まだまだドラは黙って連れていかれるわけにはいかない。口を開けたかと思うと“ゴオー！”火を吹いた。

赤シャツの男の尻に火が点いた。

「アッチー」“バタバタ、ゴロゴロ”転がって火を消した。

『よし、他の男もやっちゃえー』とドラが思ったが、グイッとロープを引かれ、うまくいかない。

『それなら、この魔法の杖を使ってやる』ドラは思った。

「ウンガーパラパラ、ウゲ！」

首を引っ張られ、うまく言葉にならない、当然、魔法になるわけがない、ドラは『なんで？』と思った。

（杖にだって事情がある）

そこへ、リーダーが腰に付けていたものを、ドラに向け、“ジュー”ドラの顔に何やらスプレーを浴びせた。くらくら～、ドラは頭がボーッとしてバタンと倒れてしまった。

これは催涙スプレーで、捕獲用。もし銃を使うと大切な獲物に怪我でもさせては売れなくなってしまうからである。

「おい、このドラゴン、何か杖を持ってるぜ、珠が付いていてきれいじゃないか。まあ、もらっとくか」

「こらー、えいっ」

チョビ達がリーダーと、ロングヘアーの男に対して、“ボコ、ボコ”

「ドラを離せ！」

ふたりは棒を持って懸命に男達に立ち向かった。

赤シャツのやけどをした男は座り込んでいたのでこれでいける、とチョビは思った。

「痛いじゃないか」

しかし、所詮子ぎつね。大した力《ちから》はなく、男達にしてみれば、ちょっと足を叩かれた程度で、どうってことはない。あっけなく首根っこをつかまれた。

「何だ、このきつねは、ドラゴンの仲間か？」

リーダーの男はそう言うなり、チョビをホイ！　もうひとりの男もフェリックをホイ！　ふたりとも、あっけなく投げられてしまった。男達はドラに金属の首輪を付けた。

それだけではない。また、火をはかれてはかなわないと、口輪まで付けてしまった。眠ったままでは重くて、自分達の乗り物まで運ぶなんてできるはずもなく、リーダーの男は、取り出した小ビンの蓋を取ると、ドラの鼻先に近づけた。

するとブルブルッとドラが首を振るなり目を開けた。ドラは立ち上がると、自分が自由に動けないことを悟った。そして、そのままロープで引かれ、どこかへ連れていかれてしまった。その間、チョビとフェリックのふたりは何もできずに木の陰で、様子を見ていた。

とうとうふたりだけが残されてしまった。

母ぎつねアスナは、とうに自分の巣穴に戻っている。今のこの状態をどう理解すればいいのか、みんなと出会う以前の状態に戻っただけなのだろうか。そうではなかった。

ふたりの心の中には何故か、ぽかんとすき間ができたような空《むな》しさがあった。

“ガサガサ、ガサガサ”

「なんだろ、戻ってきたのかな」

フェリックがビクッとして言った。チョビはフェリックの後ろに隠れた。

「おーいたいた、チョビ、フェリックー」

茂みから出たかと思えば、いきなり抱きついて、ぐるぐる回した、なつみだった。

それにはふたりともビックリ！　たった今、空の彼方《かなた》へ飛んでいったはずなのに、急に目の前に現れて、ふたりとも混乱している。

現れたのは、なつみだけではなかった。最強のお姉さん。それと、ただの好奇心でついてきた弟、「わーなつみ、なつみ」と泣きそうな顔でチョビがなつみの胸に顔をうずめた。

「どうしたのよ、チョビったら」

「あのね、ドラが、ドラが、連れていかれちゃったんだよ」「変な男達が3人来て、ドラにロープをかけて」フェリックがチョビの後《あと》に答えた。

「チクショー、遅かったか。姉さん、そいつら、お父さんが言ってた密猟者かもしれないよ」振り向いて言った。

真偉は与一と手をつないで、なつみの後ろに立っていた。

「うん、そうかもな、それでそのドラが、捕まってからどれくらい経つ？」真偉がフェリックに尋ねると、

「んーそんなに経ってないよ、ちょっと前だから」

「そうか、なつみ、すぐ追うぞ」

「はい……そうだ、チョビ。私の杖、どうした。あの時、落としたやつ」

「あれはね、さっきの男達が持ってっちゃったんだ」

「そうかー取り返さなくちゃね。じゃ行くよ」

「うんとね、あっちへ行ったよ」

チョビが指さした方には草を押しのけたところが道となってずっと続いている。

踏まれた草の跡を見ながら男達の跡を追うこと10分、広場に出た。

ちょっとした公園程の広さの中にマシンが2台ある。自分達が乗ってきた乗用タイプと違い、やや大きめの貨物タイプ、それに男達は3人だけではなかった。5人はいる。

仲間がいたのだ。おまけにふたりは銃を持っている。確かに奴等とて猛獣や恐竜に襲われたら、ひとたまりもないからである。いくら真偉が強いといっても、こちらの武器はエアー・ショットだけだ。未成年に銃は使わせてもらえないので仕方ない。

どうやってドラを助けるかというところ、真偉は考える。「あの銃を持ってるふたりさえ、やっつければ、他の3人なんか、バッシバシなんだけどなー。んー、あ、そうだ」

真偉は持ってきたショルダーバッグを開き、ごそごそと何かを取り出した。

「これよ、これ。ジャーン」

……覗き込むなつみ「うわっ！」

ちょうどその頃、男達は休憩の時間らしく、集まってコーヒーをいれている。真偉は頷いた。「これは面白いことになるぞ。みんなで周りから総攻撃だ。ドラに当てるなよ」

「ＯＫ！　お姉ちゃん」

正面の真ん中になつみと与一、左手に子ぎつね兄弟、真偉は右手、いつでも奴等に奇襲をかけられる位置、

「それじゃ私が合図したら一斉に火を点けるんだよ」「ＯＫ」「はい」みんな位置についた。

「よーし、いっちょいってみるか」真偉はスーッと手を上げるとＧＯ‼　の合図をした。

“ジュルルルー、ヒューーン”

“ボン、ドカン、バカーン！”

「何だ、何だ」真偉が持ってきたのはバッグいっぱい大量のバクチク、それにロケット花火だった。

“ゴツン!”

あわてた男がマシンに頭をぶつけて、ひっくり返った。『よし、今だ』真偉は、自分のエアー・ショットで銃を持った男を“ボン!!”命中。男は倒れた。死ぬことはないが、当たりどころによっては気を失うこともある。

「よっしゃー」そこへ、さらなる花火の嵐、バクチク弾も飛んでくる。“ドカーン”けっこうな爆発、男ふたりはまともにくらって、ふらふらしている。

辺りは煙でいっぱい。花火攻撃が止まった。『今だ』真偉は木の陰から、ダーッと現れ、渾身の正拳突き、振り返りざま別の男に回し蹴り、“バキ、ベシ、ドカ”得意の空手炸裂、立ち上がった男が銃を拾って真偉に向けようと構えた。

「えい!」ボカ! 後ろからそっと近づいたなつみが棒で頭を叩いた。

そこへ、「この野郎」とどめに真偉のキック、男は気絶した。

「わーはっは、やったぞ、おーいみんな」

真偉の合図で集まった。そこで真偉は意識のある男の首根っこをつかむと一言、

「おい、お前。あのドラゴンの檻《おり》の鍵をよこしな」

鍵はちょうど、その男が腰につけていたものがそうだった。

「ほいよ」そう言うと真偉はなつみに向けて投げ渡した。

「ありがとう」なつみは、すぐにドラを檻から出した。「ドラッ」ドラの首にしがみつく。ドラも嬉しそうに翼でなつみを包む。

「あっごめん、口のやつを外すからね」

ドラは「あー助かった、俺、どこかへ連れていかれると思った」

そこへ、「ねーねーあったよ」チョビ達と与一だ。3人で奴等のマシンの中を探し回っていたようだ。「はい、これ、お姉ちゃん」

なつみは杖を受け取った。「うー久々の感触！」

その時だ。横で〝ゴォーッ、ボワ!!〟

ドラが仕返しのつもりか、奴等のマシンを1台、丸焼けにしてしまった。

「アッハッハ」姉の真偉は大笑いだ。

みんなもつられて、アハハハハ……これで無事、帰れる。

「あっ何するのー」と与一の声。

大変だ、目覚《ざ》めた男が与一を人質にとった。男は与一を脇に抱えるなり銃を構えた。

『いつのまに。これじゃ、手も足も〜〜』

「このやろー、ヨッピーを放せ！　ぶっ殺されてーか、ただじゃすまないぞ」

ものすごい気迫で怒る真偉。もう完全にぶち切れている。「姉さん」と言うなり、なつみが一歩前へ出た。「どうする気だ」

「まかせて」「〜パッパラパーン」

なつみが杖を上下に動かすと、銃が男の手から離れ、宙に浮いた。

そこへ真偉の怒《いか》りの鉄拳！　“ドカーン”最強のパンチ、男は10メートル程ぶっ飛び木の上に引っかかった。

「こらー、降りてこい」男は完全に気を失って身動き一つしていない。

しかし真偉の気が収まったわけではない。「ダーッ」木をひと蹴り、木はグラ〜ンと揺れたが男は引っかかったままだった。

「お姉ちゃん！　お姉ちゃんてば、ヨッピーは無事だから、ね、」なつみがなだめようとする。「それで、この男達はどうするの」と、なつみ。

「そのままでもいいけど、とりあえず縛っとくか」

「ねー縛っちゃうと、恐竜に襲われちゃうよ」チョビが言った。

「それもそうだな。じゃ放っておこう。私らが戻った時、管理センターに通報すれば、それなりに処置してくれるだろう」

「そっか」なつみは納得した。⁇？

“ズッシン、ズッシン？”「何かくる」

真偉は危険を直感した。“ダダー”、「見ろ！　こっちに来るぞ、隠れろ」突然現れたのはトリケラトプスだ。みんな、パッと散るようにして木陰に隠れた。

6メートルはあろうか。当然ドラよりも大きい。それでも子供。大人ともなれば9メートルには達する。煙を見て走ってきた、とでもいうのか！　そういえば現在、アフリカに生息しているサイによく似ている。進化だとしたら、昔から火を消すことを習慣としていたりして、

「お姉ちゃん出番だよ、ほら！」

なつみが真偉の背中を押した。

「うっそ、あのな、私をなんだと思ってるのよ」

「お姉ちゃんは最強の戦士よ」

「バカ言うな、これでも15歳の女子高生だぞ」

“ズシ、グシャ”、トリケラトプスは煙の出ていたマシンを角でつついてから立ち上がるようにして前足2本で“ドシャッ”とつぶした。そして振り返るなり木に引っかかったままになってる男を銜《くわ》えると、満足そうに元きた方へ歩いていった。

「えっトリケラトプスって草食じゃなかったの？」なつみが不思議な顔で真偉に視線を向けると、

「よっぽど、腹減ってたのかな。それとも木の実と間違えたんだろ、とにかく助かったぜ。それと報告は4人としておこう。あっそれから掃除してゴミは持ち帰ろう」

「はーい」……それなりに完了すると「ヨッピーおいで」「うん」真偉は与一を肩車すると、

「な、なつみ、以前《まえ》に来た時、何か面白いものなんてなかったか」

「あーお姉ちゃん、あのね、特大の滑り台があるよ」

「ほーそんなのがあるのか」

「それ、なつみが作ったんだよ」

「いっちょ遊んでいくか」

夕方まで遊んでしまった。そろそろ帰ろうかとする頃なつみが言い出した。

「ねーこの島で私達の時代と同じ動物を見かけたのよ、私が言うのもなんだけど、あなた達だって私の時代のきつねと全然変わらないのよ」

なつみがみんなに向かって言い出した、しかし、みんな、首をかしげただけだった。

「まーいっか、ドラ、チョビ、フェリック、いろいろありがとう、私達、もう帰らなくちゃ……あっそうそう、ドラの首輪を外さないと」

“ガシャッ”「ドラ、かわりに私のスカーフを巻いてあげるね。ほら、いいじゃん」

なつみは自分の巻いていたスカーフを取るとドラの首にしてあげた。バッグから帽子を取り出し、

「チョビには帽子、フェリックにはバッグね、みんな似合うよ。それじゃ、さようなら」

手を振りながら、３人はマシンに乗り込んだ。その後《あと》、スーッ、何か影が動いた。だがマシンは、そのままクイーンと音を残し、宙に浮かぶとふわっと、彼等？　の前から消えてしまった。

時を超え、マシンは自宅の庭に現れた。

「お母さん、ただいま」

「なつみ、おかえり♡」

さて、22世紀に戻ったなつみは化石も気になり、父の元へ報告にいった。

ちょうど、ドラの化石を自宅前の博物館に収めたあとだった。

「やあ、おかえり、うまくいったようだな」

「うん、お父さん、あー見て見て。ほら、ドラの首、首輪の線がなくなってる」

「確かにそうだ、それに杖の跡もないぞ」

「そうよ。私、ちゃんと持って帰ったから、ほら」

「なーるほど」

親子が夢中で話していると、そろそろ～～……後ろから、「ワァーッ」と大きな声。

「ひえー何っ」

なつみはビックリして、尻もちをついた。

「僕だよ」「おいらも」「えっえーーッ」

そこにいたのは、チョビとフェリックだった。ふたりはタイムマシンの翼の陰につかまって、一緒に来ていたのだ。

「チョーびっくりよ、どうしたの⁉　でも、良かった、無事で。マシンの翼につかまってきたんでしょ。もし途中で手を放してでもしたら大変なことになってたわ。時の渦に巻き込まれて、二度と会えなくなってたのよ」

「えっ、時の渦⁉」

「さあなつみ、家へ戻ろう。母さん（美和）には会ったのか、心配してたぞ」

「もちろんよ」

みんなで家に戻ると母さんが出迎《むか》えてくれた。

「あら、可愛らしいきつねさんだこと、なつみのお友達かしら？」

「そうよ、チョビとフェリック」なつみはひとりずつの頭に右手を添えるようにして紹介した。

「あのね、ついてきちゃったの」

「そう、よろしくね。良かったら、ご飯を一緒にどう？　どんなものがお好きなの……」といいつつ「お魚でよろしいかしら」

なつみの母、美和は、いつもにこにこして明るく、とっても可愛らしさのある女性。子供達の相談に乗ったり、時には励ましたりで家族を優しく包み込んでくれている。

「みんな、お茶、入れたわよ」

なつみ達はテーブルに着くなり、先程の話の続きになった。チョビが質問する。

「時の渦って、どんなの。やっぱり、ぐるぐる回ってるのかな？」

「私も実際は見たことないんだけど、聞いた話によると、なんでも吸い込まれるように消えてしまうんだって、そしてほとんど戻ってくる人はいないらしいよ、ねえお父さん！」

「まあ、渦といっても、それは一つの表現として伝えられていることで、実際にあるわけじゃないんだ。タイムトラベルの最中、外へ出てはいけないのは解るだろう。もし手を放したら、全然予想もつかない時代にポンと投げ出されてしまうんだ。仮に、その先で誰かのタイムマシンに出会えれば運がいい。戻ることは可能だけど、まあ人によっては自ら飛び込んでいく者もいるという。それは別の時代で新しい人生を送るために……な」

「ふーん、訳ありの人達ね！」

そこへ、「おーメシ、メシー、腹減ったぞ」真偉が部屋から出てきた。

「うわっ、お前達！」真偉はチョビ達を見てビックリ。

一方、ドラはというと、ひとり残されてキョロ、キョロ。「あれっあのふたりは？」

チョビとフェリックの姿が見えないので、周りを見回していた。

「それじゃ、母さん、ご飯にしようか」と父。

「はーい♡」

その後、日々楽しげになつみと遊ぶチョビとフェリック。なつみの時代に来て約1ヶ月が経つ、夕食の時である。

「なつみ」

「何お母さん」

「そのーチョビとフェリックのことだけど、家《うち》の子になるのかしら。あの私は、構わないのよ。ただふたりのお母さんだって心配してるだろうし」

「あーそれなら大丈夫よ、その時期に合わせて連れていくから」

「そこなのよ。たとえ、あの日に帰したとしても、あまり遅くなると、つまり半年とか1年とか経てば、それなりに成長して大きくなるでしょうから、お母さんと会った時、ほんとに私の子？　なんちゃって、茫然《ぼうぜん》とするだろうな～っと思ってね」

「それもそーだ。じゃさ、じゃさ、いっそのこと、チョビのお母さんもこっちへ連れてきちゃおか」

「あっいいかも、お父さんに聞いてみるわ」……　もちろん、ひとつ返事でＯＫ‼

である。

「良かったわね」

「うん」

「それじゃチョビ達を連れてすぐ迎えにいっちゃおーかな」「お父さん、お父さ～ん」

そう叫びながらなつみは父の部屋へと走った。

「ねーお父さん、今、チョビのお母さんを迎えにいきたいの、だからタイムマシン貸して〜いいでしょ」

「あーいいよ、好きな方を使いな」

「うんありがとう」

実はこの家には大きな車庫があり、現在、２台のマシンが並んでいる。

１台は乗用車タイプのもの。もう１台は、やや大きく、宇宙空間でも対応できるＵＦＯタイプのものである。なつみは乗用車タイプの方を選ぶと、「チョビ、フェリック、さあ、あなた達のお母さんに会いに行くわよ」

「うわっほんと。心配してるかな、早く会いたいな」なんてチョビが浮かれた気分。

フェリックもにこにこしている。

一同、乗り込むと出発。

デジタルを１億年前、そして高度20メートルにセットしてスタート！（高度20メートルにセットしたのは向こうの時代に行った時、崖の上や沼地などを避けるためであ

る）

キーンと軽い音が鳴る。

開発当時はマシンの周りに輪が回っていたけど、現在では内部構造になっていて周りはすっきりとしていた。

マシンの姿が徐々に薄くなり消えていく。

マシンの中からの様子はというと、一度視界が消えて真っ暗のような状態から、細い光の中を進む、むしろ光のトンネルといった感じ。それはおそらく一瞬に時を超えるために、その時代、時代の景色が光の線となって見えているのだと推測《すいそく》する。やがて、目的時間に対応してスピードが落ちてくるに従い、光の線が段々と太くなりふわーっと前方が白くなった。到着したのだ。

「あっここだ」白亜島上空20メートル辺りに出現した。目の前には、青い空、緑の大地、懐かしい風景に心が躍る。見覚えのある森を抜けると、ドラと別れた広場が見えた。着陸。

「ドラ、ドラー」叫んでみたが、いるはずもなかった。

あの日と同じ日、というわけにはいかないと思った。なんせ1億年も遡れば2〜3日のずれは当然のこと。なつみは気持ちを切り替えると、

「ねーとにかく君達の家《うち》へ行ってみようか」「うん行こう」ふたり同時に返事をした。

「お母さんどうしてるかな⤴」チョビのハイテンションの声に対し、「おー」と低めの声でフェリックが返答。

「ねーチョビ、早くお母さんに会いたいでしょ」「うん」「抱きついちゃってもいいのよ」「えへ」フェリックは「えっ……」「あんたって、けっこう照れ屋さんね」……

そんな話をしながら10分程歩くとふたりの懐かしい家（穴）が見えた。

途端にふたりは走り出すと巣穴へ飛び込んでいった。なつみは、というと外で待つことにした。『だって、せっかくの再会をじゃましたくないしね』

「母さーん」「お母さーん」チョビとフェリック、ふたりの声、中では母ぎつねのアスナがいつ帰るとも解らないふたりのため、そして自分の気持ちを落ち着かせるために木の実を磨いていた。

ふたりの声に気づくと振り向くなり、じわーっと涙が出て、ポタリ、よほど心配だ

ったのでしょう。怒るどころか、両手をいっぱいに広げてふたりをギュッと抱きしめた。

「お母さん、ごめんなさい、あのね、あのね……」と言うチョビの声に割って入るようにフェリックは、「あの母さん、実は外になつみがいるんだ、それでね、とにかく話を聞いてよ」ふたりに背中を押されるように外へ出たアスナは、なつみと再会した。

事情を聞いて、もちろん何の問題もなく承知した。もっともアスナは、もともと、なつみと同じ時代から迷い込んできたわけだから、当然のことなのだが、きつね母子《おやこ》を連れ戻ったなつみのこの行動が、センターの知ることとなると、「他にも動物が時代を超えていってしまっただろう」

調べるにあたりうさぎや鹿、ネズミに至るまで、その時、その場所の時間に戻って、入り込んだ直後を捕らえることができた。

ちょうど、あの時「おーい、ここから、きつねが一匹転がり込んだぞ」「あーそれは天甦《オーロラ》さんとこのきつねだろ、いずれ連れて帰ることになってるから、そのままでいいと局長の命《めい》だ」

そう、声をかけ合う捕獲員達の声、

「これで、生態系に影響はなさそうだ、みんな引き上げるぞ」……そうして、この件は一件落着となった。

第四章

①「タイムパトロール集結」

2年後のことである。
時空管理局より通達『なんだろう』
真偉は届いた手紙を開けてみる。
「天甦真偉殿、以前のあなた様の功績を考慮し、妹なつみさんとともに、タイムパトロール・メンバーとして活躍して頂きたく、手紙を出した所存です。局長・時成総一」

「何これ〜〜」真偉はいきなりの手紙に驚いた。

すぐさま、父のもと（部屋）へ走る。

「父さん、父さーん、見て見て」

父はそれを読むなり「いいんじゃないか、何かあったらいつでも私が助けにいって
やる」

嬉しいお言葉、かくしてふたりは初代・タイムパトロールの隊員として選ばれた。

「ふたりだけなのかな、そしたら私が隊長？」

なんて真偉は不気味な笑みを浮かべた。

この時、姉の真偉は17歳の高校生、妹のなつみは3つ下の中学生。

「ねえ、お姉ちゃん、チョビ達も隊員にしてよ」

「えー私はいいと思うけど、一応、身分証明証？　でなくても、履歴書を出してくれ
とかいわないだろうか」

「それなら、写真なしで名前だけ出しておけば」

「そうするか」

適当にごまかしたところ、チョビとフェリックの許可がおり、正式に4人のメンバーが決まった。それと、どういう経緯《いきさつ》か、局長の知り合いでひとり、男のメンバーが加わることになった、九連宝人《チューレンポウト》、真偉と同じ年の高校生だという。そして全員の顔合わせの日がきた。

センターからほど近い、スカイ・エンジェルホテルの一室、時成局長の元、集まったのが例の5人。「よーしみんな、よく集まってくれた。本日がメンバーの顔合わせ、ということだが、その、何だ、そこの可愛いきつね2匹は何かね、真偉君」

「あっ、これ、ね、チョビとフェリックです」

「えっどういうことだ」「見ての通りです」「あ〜〜そんなこと」と言いつつ局長は頭を抱えるような仕草で壁にもたれかかった。

「説明してくれないか」

「あの、このふたりは私達の友達で、その〜、白亜島の時、力を合わせて戦った仲間なんです。どうしても一緒に仕事をしたいのでお願いします。きっと役に立ちます」

「そうか、なるほど解った。今回は認めよう」

「あー良かった」

真偉、なつみ、共々胸を撫で降ろす思いだった。

「あーそれから真偉君、なつみちゃん、紹介しよう、ここにいるのが私の甥《おい》（妹の子供）で九連宝人《チェーレンポウト》君だ」

「はい、宝人です、よろしく」

「よろしくお願いします」と言いつつ真偉は宝人の上から下まで、ジーッと見た。

『見たとこ、まああの男ね、カジュアルな服も似合ってるし、好感が持てるタイプだわ』

「あのー局長」いきなりなつみが言い出した。

「何かな」

「この5人でパトロール隊ということですが、誰が隊長なんですか」

「あーそれで考えてはみたんだが真偉君が適任かと思う、みんなはどうかな」

一同、「ほーー」パチパチ……。

真偉は照れるように左手を頭にやった。

「では決まりだな、真偉君よろしく頼む。といっても、それほど難《むずか》しいことはないので、基本的には君のやり方を尊重しようと思う。では真偉君、何か一言」

真偉は姿勢を正すと「えーと皆《みな》さん、これからよろしくお願いします」パチパチ……。

「あっそうそう」と言いながら局長は、バッグの中から時計を取り出した。

「これ、けっこういいデザインだろ」

そう言いながらひとりひとりに渡した。

「局長、私、時計なら持ってますけど」

真偉が言った。

「いやいや、普通の時計じゃないんだ、特注だぞ」

「そうなんですか」

真偉が見たところ、それほど普通のものと変わらなく見えた。局長は、

「いやいや、これはスマートフォン以上の機能があるんだぞ、サイドスイッチを押せば空中画面でのパソコン操作も可能だし、いろいろと便利かと」

そこへなつみが一言、

「あのー局長、チョビ達の腕にはちょっと大きすぎて無理かもしれません」

「あーそのようだな、きつね君達には別のものを用意しよう」

そのような流れから2時間程親睦を深め、パーティーを終えた。

数日後、パトロール隊に制服が作られた。着衣してみると、それらしく立派に見えた。

「どお、お姉ちゃん」なつみがくるりと回った。

「あんた、わりと似合ってるじゃん」

「エヘ」

②「ドジバタ3人組」

帰宅途中の真偉
白のラインで縁どられた紺色の上着に清楚な白のブラウス、瑠璃色のリボンには赤と金糸のラインが入り胸元を美しく見せている。下は、青と黄色の細い線でチェックの入った、ワインカラーのミニスカートだ。

そよ風が真偉の黒髪をさらりと、優しく撫でていく。それになんといっても美人だ。周りの男子生徒は、つい立ち止まり見とれてしまうのだ。そんな娘《こ》が空手の達人だなんて一部の友達しか知らない。

“トゥルルル……” 局長からもらった腕時計が鳴った。『なんだろう』と思いつつ横のボタンをピッと押すと「はい真偉です」と答えた。

「あっ真偉君、早速だが出動だ」

「はい。まかせて」

真偉はメンバーみんなに信号を送った。

「はい宝人」

「あっポウ、真偉よ。事件なの。センターに集合ね」

「OK」……

「はいチョビだよ」「フェリックでーす」

「ふたりとも、センターに集まるわよ」

「了解！」

「……もし・もし、なつみー」

「おーどうした」

「ちょっとアンパン食べてて口の中いっぱいだったから、言葉が出なくて」

「なつみ、センターへ集合」

「はいな」

みんな、呼ばれたのが嬉しくて、これから何があるのかウキウキ、とにかく走るようにセンターに入ってきた。

「みんな、早速集まってくれてありがとう」

時成局長の一言から説明が始まった。

「実は先程、コンピュータの過去に対する管理システムに異常が見られ、警告ランプが点滅している。調べてみると８００年程前のトリンドル王国の辺りから、無断時空利用者の信号がキャッチされた。それも盗まれたタイムマシンからの発信だと解ったので、おそらく犯罪目的だろう。そこで君達に集まってもらったというわけだ」

「あの局長」なつみが言い出した。

「はいなんでしょう」みんなの視線がなつみに集まる。

「えーと要するにそのマシン泥棒を捕まえればいいんですか」

「まあそういうことだが」局長は頷いた。

「お姉ちゃん、初仕事よ！」

「おっしゃー」真偉は拳を上げて気持ちを顕《あら》わにした。

「真偉君」局長が追って一言、

「張り切ってくれるのはとても嬉しい。ただ犯人がなんの目的でその時代へ行ったのかは捕まえてみないことにはなんともいえない。相手が解らないだけに冷静に、それと危険のないよう頼む」

「はい」真偉が姿勢を正しての返事。

「それでは早速出動だ、マシンは、そこのグレードX―1という最新型のマシンがある。自由に使ってくれ」

「やったーカッコイイ!!　お姉ちゃん、運転大丈夫?」となつみが軽く心配。

「いけるでしょ、説明書見ながらってことで」

「……」

一昨晩のこと。

とあるビルの一室、３人の男達が楽しげに酒を酌《く》み交わしていた。

兄貴分がひとり、舎弟がふたりといったところ。皆《みな》30歳前後、どう見ても好青年といった面持ちでもなく、ちょっと砕《くだ》けた感じの風体《てい》をしているのが、不思議と親近感が持てたりする。そんな彼等が何やら女性の話をしている。

「あのさー兄貴、女、いるんすか」という舎弟の言葉に、「んな、お前見りゃわかんだろ、もちろんいないぜ」男達を紹介しよう。

頭は軽いが、玉（男の持ち物）が重い、という意味で、親が独断で付けたという、軽頭下重《か(る)とうもとしげ》、通称モッチン、と呼ばれているが、ここでは兄貴分。そして舎弟のひとりで、姿、顔は大人だが、中身が全く、付いてこないというマイペースの男、天然同《てんねんどう》児《じ》、通称、ボク。もうひとりは、ちょいとお姉系の男で、男を止《と》めた、という意味の照々男留《てるてるおとめ》、通称カマチャン。

モッチンは少し首をかしげると、「んだな、俺もそろそろいい女かこって、まあ、ちと落ち着いてもいいんじゃねかと思ってよ。どうよ、おめー達！」

「もしかして、重《しげ》さんお目当ての娘とか、いたりして」カマチャンが冗談でつねる。

モッチンはつねられた腕をさすりながら、

「そんなもんいたら、とっくに俺のもんにしてるさ。まあ、やっぱ俺には、あの絶世の美女と謳われたトリンドル王国のエクレア姫だろ。ん～～いいな」「おいしそうな名前だわ」「あはは、ふたりとも面白いジョークだ」ボクも突っ込んでくる。さらにカマチャン、

「大体いくらいい女だからって会えるわけないですよ。そんな何百年も前の女だし」

なんて話が飛び交う。

「まあ、いいじゃねーか、ここだけの話だからよ」（一同）ハハハハ……その時、

「あのー」ボクが何やら、ぼそぼそ言い始めた。

「話は違うけんど。実はさ、ついこの前、ボクがベンチで座ってたら、車をくれた人

がいて……とりあえず、もらって乗って帰ったんだけど、それが、普通の車じゃなくて、なんだか、訳の解らない数字が並んでてさー」

「うっそ、お前、車、乗れんのか⁉　大体免許持ってないだろ」

「うん兄貴、そうなんだけど」

「お前、それはよぉたまたま停車したところにお前がいたというだけで、近くの店へ買い物に行ってただけじゃないのか？」

「そうなのか」

「それで、どうやって乗って帰った？」

「あのさ、わかんないから、動け！　って言ったら動き出した」

「えっそんだけ？」

「それで、お話をしながら帰ったよ」

「うっそー自動操縦か？　ボクよー明日、俺にその車、見せてみ」

「いいすよ」

「あのボクちゃん、私も行くわね」

翌日、ボクの家の庭には確かに車が置いてあった。３人で見回す。

「おーこれが、その車か」モッチンが車内を覗き込むと、なるほど、普通の車とは違うということが一目で理解できた。それに型も妙である。両サイドに翼らしきものが出そうな部分がある。「ん～む」モッチンは何かを思い出した。「そういえばよ、以前《まえ》に雑誌でこんなようなの見たことあるで」

「えっそうなんで、兄貴」

「おう、なんか〝タイムマシン〟てーやつだよ」

「えー」カマチャンが驚く、「ほんと！」ボクが嬉しそうに顔をもたげる。

「おい、お前達。これが、もし本物だったら俺はよ、８００年前へ行ってだな、ちょいと口説いてみてーな」

「重《しげ》さんあのエクレア姫に会いに行くんですか」カマチャンが尋ねると、

「おう、もちろんよ。早速行くぞ、ほら乗れ！」

「ここだろ、ここをマイナス８００にすればどうだ」ピッピッピ、「Ｌｅｔｓ　ＧＯ！」ギアを倒した。

画面が映っただけで、ウンともスンとも動かない、「兄貴、これは」ポン!!

ボクが赤い大きめのボタンを押すと、クイーンという動力の音とともに車内画面には行き先である昔の時代の映像が明確に映し出される。その後、ふわーっと20センチ程浮き上がり、３人を乗せたマシンは過去へと飛んだ。

マシンはどんどん使いやすくなり、危険防止のため行き先の映像が映し出され、レバーの操作で移動の位置を変えられるようになっている。

ヒューと時の流れの中を進んで、白い雲の中へ飛び込むようにして入ると、やがて霧が晴れるようにスーッと景色が見えてきた。

マシンの画面と同じ、お城の前の草地に着いた。マシンは地面より少し浮いた状態でその時代に着くと、ゆっくり着地。兄貴分のモッチンが、まず足を降ろした。

「おーすげー、ここが姫のいる国か、なんかわくわくするな」

「兄貴頑張ってください」「重《しげ》さん楽しみね」

城は洋風宮殿という感じで敷地は直線で５００メートルぐらいだろうか。周りを高さ2メートル程の洒落た柵で囲んでいる。右の方、つまり東側には円柱形の建物が、本殿と高さを同じくして接する程近くに建っている。むしろ、塔といった方が解りやすいかもしれない。

窓はいくつもあるが、入り口は本殿と接した1階部分だけのようだ。

正面に近づいてみるとゲート（鉄の柵）をくぐれば広い中庭の先に大きな入り口がある。

兵士はゲートにふたり、城の入り口にふたり。何をどう、うまいこと言ったところで開けてくれそうにない。

③「お姫様と感動の出会い……のはずが」

「重さん、どうやって入るんですか」

カマチャンが尋ねると「そうだな門番がふたりいるし、こんにちは、つったって、“どうぞ”なんて言うわけないだろ……うむ」

と言いつつ、腕を組むと柵を見渡した。

「やっぱ柵越えしかないだろ」「やっぱり!!」カマチャンとボクが同時に返した。

柵は下半分が石垣になっていて上部は金属の棒を組み合わせ、ところどころに花やぶどうを形どった鋳物《いもの》がついていて、とてもセンスがよい。正直言って登るのはどうってことはない。

「じゃ行くぞ」モッチンが声をかけるとふたりも続いて柵を越え、すぐさま木の陰に隠れた。そして様子を伺う。

時折見回りの兵がふたり剣《つるぎ》をたずさえ巡《じゅん》回している。当然入り口だって見張りがいる。

「よし、こっちだ」モッチンの声に従いふたりは付いていく。隠れながら、入り口より少し離れた窓の下で足を止めると小声で「よーし、ここから入るぞ」

窓は顔の高さ、ちょうど半開きになっている。

「おいボク、お前、踏み台になれ」

モッチン、カマチャンの順で中に入ると、最後のボクをふたりで引き上げた。

「よいしょ」後ろへのけぞるように引くと、ズデン!!　3人共々廊下に倒れた、と、その時、ガシャン!! という音、誰かの足が窓脇にあった花瓶を落としてしまった。

「おいなんだ、何か音がしたぞ」という男達の声、中にも兵士がいたのだ。

「やばっ、お前ら急げ、向こうだ」

3人は慌てて立ち上がり一目散に走り出す。「いたぞ、お前達、何者だ! 止まれー」見つかってしまった。

走って走って、東の外れを左へ曲がった時、「あっ」「きゃっ!」“ドン” モッチンと若い娘が鉢合わせにぶつかった。

モッチンの方が体格がいいので、娘ははじかれるように倒れそうになる。そこをさっと手を伸ばし、引き寄せ、抱きかかえた。

ゆっくりと離しながら「大丈夫か」

「はい、あの、あなたは誰?!」

そこへ後ろの方から声がしてくる。

「おーい、こっちに誰かいるぞ、侵入者だ」

モッチンは『やばい、捕まる』と思い、つい娘の口を押さえ、すぐ横のドアの開いていた部屋に連れ込む。カマチャン、ボクもそれに続いた。さほど広くないところだ。すぐにボクがドアを閉める。「君、何もしない。だから騒がないでくれ、頼む」

娘は、やや恐怖のあまりふるえがあるのをモッチンは感じとった。

「すまん、俺はほんと悪い人間じゃないんだ。だからよ頼む」娘はこくりと頷く。モッチンは押さえた手をそーっと離した。娘は年の頃は16~17。髪を後ろに束ね、城にいるには、ドレスではなく、随分と身軽な服を着ていた。

それもそのはずで、少し前まで、庭でスポーツを楽しんで、ちょうど自分の部屋に戻るところだったのだ。

「あの、あなた達はいったい何なのですか？　ドロボウさん？」

「いや、違うよ、エクレア姫に会いにきただけだ。それで君はお姫様の部屋を知らないか」

「知ってるわよ」

「ほんとか、頼む、連れてってくれ」

「えーそんな、今会ったばかりの人を……」

『似てるな～』「あの君、お姉さんとかいないかい」

「いいえ」

「おい、ここが怪しいぞ」

「はい、まだ見てません」

ドアの外で声がしている。

“ガチ、ドン、ドン”「開《あ》かないぞ」

兵士が来ているのだ、「兄貴ー」ボクが泣きそうな顔して、目で訴えてくる。モッチンは娘の手を両手でギュッと包み込むと、

「君、頼む助けてくれ」と言うなり目をじっと見てお願いする。

「捕まったら、どうなるの兄貴」ボクが心配そうに言う。

娘は右手を首のところに持っていき、手の平を下に向けスーッと横に引いた。

「首が飛びます」と一言。

「ギロチン？　いやよ」っとカマチャン。

「わかったわ、来て」なんとその物置のような小さな部屋の奥には背より低いドア。

わらをもつかむ思いで娘に付いていく。

開けると隠し通路を抜け、隣の塔へとつながっていた。

もちろん、普通の入り口もあるのだろうが、この通路は特別。狭い中、10メートル程ですぐにまた小さなドア、ここだけは鍵を使う。開けてみると、カーテン越しに出たところは塔の1階の部屋だった。

「上へ行くわよ」

階段を上り3階の部屋へと案内された3人は、中を見渡した。『きれいな部屋だな、でもちょうどお姫様はいないようだな』なんて思いながら、

「あの、なんちゅーか、服ないかな？　俺ら、この格好だと、すぐ見つかって捕まっちまうから……ばれないようなやつ、あるといいんだけど」

「ん〜そうね、それじゃ……」

そう言うと、クローゼットの中から、ささーっと出したのは、ドレスばかり。

「まっきれい」カマチャンは大喜び。だが、

「兄貴、まさかこれ着るんじゃ？」

ボクが一歩たじろいでいる。

「ちょっ、ちょっと、それって女のドレスじゃないか！　男のはないのか」

「えっ男用のドレスですか、変わってますね」

「いや違う、違う。普通の男の服があればと思って」

「我がまま言わないで」

「ん～……」

「私が着せてあげる　“早く脱いで”」

「えっ、えーー×△※▼？▲……」

「いいんじゃない、髪の毛が短いのはスカーフを巻いてっと。それから紅もつけちゃおうかしら……キャハハハ、いけるいける」

「君、ちょっと楽しんでないかい」

「だいじょうぶ、大丈夫」

3人がこんなことをしている間に、ちょうどパトロール隊が彼等を追って、この時代にやってきた。そう、3人組が現れたのと同じく、城の前の草地に到着したのだ。

「あっお姉ちゃんこれ、このマシンでしょ」

「うん」真偉は中を覗き込みながら、

「ひとりじゃないだろうし、武器を持ってるかもしれないから、みんな注意するのよ」

「はい」

「ＯＫ！」

それぞれの返事が返ってくる。

真偉が門番に事情を話すと、心よく扉を開けてくれた。侵入者はまだ捕まっていないとのこと、「ふた手に分かれて探すぞ、一回りしたら一度ここに戻ること、それでチョビとフェリックはなつみと一緒がいいか？」

「うん、もちろんだよ」

「だな、私とポウは左、なつみ達は右を探してくれ、行くぞ」10分程でみんな戻った。

2階も含め、全部見て回ったが、ふたりの兵士達同様、侵入者は見つからない。残るは隣の塔だけだった。

そこへ執事がちょうど現れた。５人は兵士と執事のベルグに案内してもらい塔に向かう。

「あの、ここは姫様の塔でございます。兵士といえども緊急時以外は入ることはありません、失礼のないようお願い致します」

執事にそう言われつつ中に入る。

周りを見渡すと、女性好みの内装が施《ほどこ》され、それなりに広さもある。

とても居心地がいいなとなつみは思った。

「うむ、解った。それで姫は今、いるのか」

真偉が尋ねると「はい。多分、上の階におられるかと。えーとですね、この塔は３階までありまして、その上は屋上ということで、見晴らしが良くなっております」

執事、兵士とともに５人は上へと階段を上っていった。２階には誰もいない。本棚や、テーブルがあってリビングといった感じの部屋だ。残るは３階のみ、姫の寝室。

トン、トン、トン！

「姫様、おられますか」

一方、中では、「あっ、ベルグ」娘は後ろを振り向き3人に向かって両手で、そのまま、そのまま、という合図をした。

「今、開けるわ」“カチッ”

「姫様、こちらで怪しい男を見ませんでしたか」

「いえ、特に」『えーー姫？』それを聞いた3人は口には出さないがビックリ。モッチンは姫を指さすと、

「あの、エ、ク、レ、ア、姫！」

「はい私がマルシアット・エクレアです」

「えーーっ！」『どう見ても16～17、本に出ている写真よりずっと若いじゃないか。可愛い子だなとは思っていたけど』

「姫様、この方々は、お友達でいらっしゃいますか」

「ええ」

「そのようなこと、お聞きしてませんでしたので、お茶も出さずに申しわけありませんん」

「いえ、いいのよ。突然来たから」

真偉が一歩前へ出ると、『なんか変だな、部屋の中でかぶり物をしてるし、ちょっと肩がいかつい気がする』

「じゃ、皆《みな》さん、そういうことで」

そう言われるまま姫に押し出されるようにドアの外へ……とその時、モッチンの鼻がムズムズ「ヘックショイ」「?」

「やっぱ男だ」真偉は駆け込み、

「お前ら何者だ」ひるんだモッチンがあとずさりした時、ドレスの裾を踏み、足元がよろけた。

「おらースネ毛が見えてんぞ」

「あっ」モッチンはビクつく。

「いや〜ん」と言ってカマチャンはドレスを押さえていた。

「お姉ちゃん、ほんとに見えてたの?」

「うっそ、お前ら、男のくせに女装するために、この時代にやってきたのか! 恥ず

かしい」そこまで言われたら、

「てやんでい、俺だって好きでこんな格好してんじゃねーや」

「とにかく逮捕だ、マシン泥棒め、それに不法侵入だぞ」

「ふざけるな、お前達帰れ！　ギロチンなんてまっぴらだ」

と言いつつモッチンはあとずさり。左手にがばっと姫を抱き寄せ、テーブルに置いてあったスプーンを右手に取ると、強盗をまねて、

「てめーら女がどうなってもかまわねーのか、帰れ、帰らねーと」

「おいスプーン持ってどうするんだ」真偉が突っ込む。

「なら、姫のパンティ脱がすぞ、いいか」

「バカ言うな」真偉がなだめようとする。

「ないわ」と姫が一言。

「何、ないって？」

「だから、はいてないわ」

「なっ、なんつ〜」

（なんということだ、と言おうとした）

「兄貴、何顔を赤くしてんですか」

「ばっば、ばっ、バカヤロウ……」

「んな、だったら俺が脱いでやる」ベシ!!

姫からの強烈なビンタ「きもい！　いやー」顔の向きが真横になるほどのすごい一発だった。モッチンのほっぺたは真っ赤でヒリヒリ、手で押さえながら「おいボク、後ろのドアを開けろ！　行くぞカマチャン！」

モッチンは姫を連れて鉄の扉を閉めてしまった。外部からの侵入を防ぐため、屋上に出るところは頑丈な鉄の扉となっていた。両側から開け閉めはできるが、鍵は姫の首元、ネックレスの先に飾りのごとく下がっていたのだった。階段を上り彼等は屋上に出た。

モッチンは姫の手を離した。

「すまん、助けてもらったのに、こんなことになっちまって」

「あなた達、面白い人達ね」

「そうかい、ところで、お姫様とはいつもきれいなドレスを着ているものだとばかり思っていたけど、君は随分ラフな格好だったので気がつかなかったな。君があの伝説の美女だとは」

「えっ、本当ですか」

「知らないのかい」

「そうね、あまり公式の場には出てないし、何年か後《あと》のことかしら。女王とかになれば、有名になるのかもしれません」

「そういうことか、多分あと3～4年経つと、もっとグッといい女になってるな」

「重さん、そろそろ本当のこと、言っちゃいなさいよ」カマチャンにポン、と肩を押されて、

「あの実は俺はですね、ほんとはエクレア姫に会ったら好きだって言おうと、この時代にきたんで。だけどこんなことになっちまって」

「そうなんですか。でも、嫌いじゃないわよ。あの、ぶつかった時、すぐに手をつかんで引き寄せてくれたでしょ、きっと優しい人なんだって」

「いやーそう言ってもらえると、嬉しいっす」

一方、なつみ達は、

「ねーお姉ちゃん？　なんで、パパッとやっつけなかったのさ？」

「まあ、それほど悪い奴等に見えなかったからな、つい気がゆるんじまった」

うかつだったかなと思い、真偉は右手を頭にやった。

「でも姫様とられて、立て籠もりよ。これって絶対、犯罪でしょ」「うむ」

なつみの言う通りだった。

「おりゃー」ドン‼

「無理だな」「蹴ったぐらいじゃビクともしないぞ、困ったな」真偉は振り向いて、

「ポウ、ここ見張っててくれるか」「おい」「なつみ、ちょっと外から見てみよう」

「うん」外へ出たものの無理だと解った。

一回りして見たところ、外階段もなく、まして壁を登るなんてできそうにない。

奴等が出て来るのを待つか、空から屋上に降りることでもできれば、なんとかなるのだろうが、ふたりとも腕を組んで考え込んでしまった。何を思ったかなつみは“ポ

ン”と手を叩く、

「お姉ちゃんてば、マシンに乗って屋上に停止すればいいんじゃない」

なつみはグッドアイデアだと思った。

「なつみ、むり、無理。今日初めて乗ったんだぞ」……「そっか」

ふと空を見上げたら城の外で大きな凧が揚がっているではないか。

「お姉ちゃん、あれ！」

なつみの指さす方を真偉は見た。

「凧か、なかなかいいけど、うまく屋上まで合わせられるはずないだろうな」

「それなんだけどさ、あの宝人がね、この前会った時に、俺はハンググライダーのパイロットなんだぜー、なんて自慢してたから。ハングさえあればいけるんじゃない？」

なつみにそう言われ、「Ｇｏｏｄ」親指を立て、真偉は「なつみ、戻るぞ」

宝人に期待を寄せた。

ただ、この時代にハングなんてあろうはずもなく、宝人はあの大凧を改造して、竹で骨組みをし、型を作った。翼が折れないよう、キングポストを上部に立て、下には三角（トライアングル型）のベースバーを取り付け、各部分を細いロープでつなぎ止め固定させると完成した。

ハーネスの代わりに簡単に布カバーをお腹に当て、ロープで吊してブランコ状態にした。こうすれば、ベースバー（下の部分）を握り、体を寄せた方に重心が行き進路を変えることができる。

※解説※ハンググライダーとは三角翼の滑空機でサーマル（上昇気流）を利用して空高く舞い上がり、体重移動によって左に行こうが右へ曲がろうが自由自在、S字なんてのは初心者、慣れてくるといろんなことをやり出す。

３６０度の回転を続けざまにグルグルやるのがスパイラル、これをやると一気に高度が下がる。ちょっと怖いがスピードをつけ、急降下からバッと宙返りするやつまでいる。これだけはパイロットになってもそうそうできるものではない。

ちなみにハンググライダーのA級は初心者、次がB級、C級となり、実技をクリアーの後《のち》、日本航空協会の筆記試験を受ける。そしてようやくパイロットの認定を頂く。

（余談）

即席だがなんとかハンググライダーは完成した。これで準備ＯＫ、である。

「真偉、俺、一度、テストしてみるから」

そう言って宝人が丘の上に立つと、タターッと5～6歩勢いをつけただけで浮き上がった。

「オーッ」“パチパチ”

チョビやフェリックが嬉しそうに周りをくるくる走った。30メートル程飛び、地面近くでフレアーをかけ、ふわ～っと降り、難なく着地した。

「なかなかやるじゃん」なつみが駆け寄った。

「ポウ、いけるぞ！　もう夕方だ、暗くなる前に決行よ」真偉が声をかけた。

「まかせてくれ、あそこだ」と言いながら宝人は近くの山を指さした。

「あの山の斜面を利用すれば飛び立てる。城までなら、約500メートル、十分に滑空していけるはずだから」

3人と2匹はハンググライダーを山の中腹200メートルぐらいの高さの斜面に運ぶと、いざ決行である。

「ポウ、あなたは、うまく塔に降りれたら、とにかく鍵を開けて。あなたひとりで3人の相手は無理でしょ。それから、なつみ。私は先に城へ戻って、あの扉の内側で待機してるから、ポウがテイクオフしたら、すぐ戻って」

「OK」

「それじゃ頑張って」

「行きます」と宝人。

「ガンバ」なつみの声。

宝人はタタターッと走ると格好良く飛び立った。

なつみは拳《こぶし》を握ると「頼むわよー」

『あれ？　なんかちょっと重いような』

宝人は思った。

④「姫を救出……えっ俺じゃないの？」

「エヘ」

「なんだチョビかい、ビックリした！」

「うん、乗っちゃった」

「うわっ、危ないから落ちないように、俺の背中につかまっててくれ」

「はい」

「ふふ、面白いじゃないか、俺だってパトロール隊員として最高に格好いいんだってところを見せてやる。これでみんな俺のこと、見直すぞ。なーチョビ」

「うん、頑張ってくださいね」

そんな話をしながらも上空150メートル辺りを城に向かって飛んでいる。

宝人には慣れたことなのだが、チョビにとっては初めての空、「うわーすっごいな。木や家があんなに小《ち》っちゃく見えて、そんで風がヒューッって気持ちいいんだーねっ、宝人のお兄ちゃん」

「おーいいだろ、最高にわくわくするんだ。やっぱ空は気持ちいいぜ」

そんな感動も束《つか》の間、もう城のすぐ手前まで来ていた。

「高い」

宝人は城を通り過ぎた。塔の高さまでは、まだ50メートルはあろうか、そこから旋回を始めた。ゆっくりと3周回ったあたりで高度を合わせ、真っすぐ屋上めがけてランディング体勢に入った。

あと20メートル、10メートル、5メートル。フレアー（エアーブレーキのこと）、ふわ〜っと翼を立てると塔の端の石垣にピタリと乗った。宝人は『よしっ』と思った。そのままポンと中に降りようとしたら、チョビが出てきて、ヒョイと飛び降り、屋上に立った。「おっと」

その反動でハングは後ろに押され、重心が傾き、「うわっ、あっあー」ヒューッ。

宝人は落ちていった。

……が、流石ベテラン、落ちながらも体勢を立て直し、うまく着地した。

「ふわー、やばかったー」

「宝《ポウ》ーーだめじゃん」

走って戻ってきたなつみがちょうど、宝人の失敗を目《ま》のあたりにした。

「いやーめんぼくねー。そんでさ、チョビのやつが一緒で、あいつは屋上に飛び移ったぜ」

「ほんと、やっぱ、どうもいないと思ったらねー、フェリック！」

「全くだ」

「あの、とにかくお姉ちゃんのところへ行きましょ」改めて作戦会議となった。

「チョビひとりじゃどうにもならんだろう」

と真偉が言った時、なつみは、

「そうなのよねー、こんな時ドラでもいてくれたらなー」

「なんだいそのドラって、あの時のドラゴンのことか？」

「うん、仲良しなんだ」

「面白いこと言うよな、普通ありえないことだけど、助けに行ったんだものな」

「うん大切な友達だから。だってドラの背中に乗せてもらったことだってあるもん」

「おいらもだよ」

フェリックが横で呟いた。宝人が興味津々の眼差しで問いかけてきた。

「君の言うドラゴンて、あの伝説のドラゴンのことか?」

「そうよ」

「すっげー、それが本当なら会ってみてーな」

「お姉ちゃん、私フェリックと一緒に迎えに行ってくるよ」

「あー気をつけてな」

「行ってきまーす」


そして……久しぶりの白亜島。

ちょうど別れた日、というわけにはいかないだろう、なんせ1億年も遡《さかのぼ》れば数日のずれだってある。

このあと、どうやって探そうかな、というところだ。近くにいたらいいな、と思い

つつ、

「ドラー」なつみは叫んでみた。

ヒュー！　空の方から風を切る音が聞こえた。そして大きな影がふたりを横切る。

「なつみ、上！」

フェリックの嬉しそうな声。

「おわっ、ドラ！　ドラー！」なつみは叫ぶ。

おや？　という面向きで上空のドラは聞きなれた声に振り向いた。

ドラは目を満丸《まん》くして急旋回、久々の再会で手に手を取って喜んだ。

「なつみ!!」ドラとて置いてきぼりをくった感じだったので、また会えてちょっと涙目。

「あのね、ドラ、私達は今、タイムパトロールの隊員なのよ。あなたに手伝ってほしくて飛んできたの」

「タイのパトロン？　なんだか解らないけど、いいとも、なつみのためなら」

ドラは簡単にＯＫしてくれた。

「ねーねー」と言いながらフェリックはなつみのスカートの裾を引いた。

「何、どうしたのよ」

「ドラはどうやってこのマシンに乗るの?」

「そうだ、どうしよう……どう見たってマシンの2倍はある。いやー魔法の杖を持ってくれれば良かったのかな」

実際なつみは、ここ最近杖を使っていなかったのである。

ある日、姉の真偉に言われてからだった。

「あのさ、なつみ、その魔法の杖ってとても役に立つんだけど、それに頼りすぎちゃうと自分を見失うというか、努力をしなくなってしまうんじゃないのかな? まあ、どうしても必要な時は別としてね。要するになんでもできちゃうと人生かえって楽しくなくなっちゃうことってあるよ。つまり頑張ったら頑張った分、成功した時に感動が味わえるから」

真偉からそんな話があってから、なつみは杖を持ち歩くこともなく、自分の部屋に飾ってあった。

今回の件だって、もし魔法の杖があれば簡単に扉の鍵を開けることができただろうが、それはそれで良かったのだろう。

なつみは腕を組むとちょこっと考えた。

「う～ん……やっぱり必要だわ。家に戻って取ってこなくちゃ」

「フェリック、ドラと一緒にいてね。ちょっと家に戻ってくる」

まるで、すぐ近くに自分の家があるかのごとく、気軽に時空間を移動している。

キーン!!　あっという間に家に着くなり、部屋に駆け込んだ。

「どうしたのなつみちゃん、そんなに慌てて。おやつにクッキー焼いたわよー」

「あっお母さん、ちょっと急ぎ」

一つ摘んでバタバタとすぐさま出ていってしまった。

なつみはマシンのⓇと書かれた緑色のボタンを押した。キーンと音がすると自動的に動き出すのだった。

このボタンはリピートボタンであって、一つ前に行った場所へ自動的に戻るシステムとなっている、とても便利な装置であった。

あっという間にドラ達の前へ、ふわっ‼　と現れた。ものの5分程度だった。

考えてみればタイムマシンを使うのだから特に走って慌てずとも良いことなのだが、それが人間の心理というものだろうか。

「ドラ、あなたを小さくするわよ」

なつみは「パラリン～混一《ホンイツ》巴対々《トイトイ》‐リトルマージック‐小さくなーれ」と言うとドラはみるみるうちに小さくなった。

それでもなつみの158センチに比べ30センチ程高い。

「いいわ、これならマシンに乗れる、じゃ行くわよ」“キーン”

なつみ達の乗ったマシンは城の前、同じ草地に着いた。

ドラを連れて城へ。ゲートに入ると、

「ちょっと待て」ドラの前に兵士がふたり立ちふさがる。まあ当然のことである。

「あの私の仲間なんです、通してください」

「しかし」という兵士の言葉に“バサッ‼”なつみは自分の着ていた隊員の服をドラにはおった。「これならどうかな」兵士が頷くと3人は中へ進み、一気に階段を駆け上がった。“トン、トン”とドアをノックする。

「お姉ちゃん!!」

「おー来たか」

そこへ宝人が一歩前へ出た。目を丸くして、

「こ、これがドラゴン！　すっげー格好いいー、でも小さくねー」

「これはね魔法で小さくなってるの」

「なつみ、ドラ、早速頼む」

「はい」

フェリックはドラの背にピョンと飛び乗った。「行こう」なつみが声をかける。外へ出てドラは翼を広げると“バサッ、バサッ”フェリックを乗せ、一気に塔の上へ出た。そして、難なく屋上に降り立つと、

「あっ、お兄ちゃん」ピョンピョンとチョビが駆け寄ってきた。

「あぐ！　ドラゴン!!」「ひえー何、恐えー」「キャー」

全員が大騒ぎ。

「鍵、カギ、姫、早く！　食われちまうぞ」「アワワ、アワワ」

“カチッ”“ギーッ”「ワワワッ」

ドアを押しのけるように慌てて部屋に戻ってきて、みんな倒れ込んだ。

そこへ軽く真偉のひと拳、片膝をつけながらモッチンの頭をコツン！

「お前、もう観念しな」

「はいごめんなさい」

「お前達をこのまま置いてくと首が飛んじまうらしいから連れ帰ってやる。だからその前に着替えろ。まあひとり似合っているが私が勘違いされちまう」

そう言われ3人は元の服に着替えると、手錠をはめられた。

部屋から連れ出されるところ、モッチンは足を止め、振り向くと、

「姫様、俺はあんたのことが好きなんです。また来てもいいですか」

姫は口に手をやると「クスッ」と小さく笑った。これが姫の答えだった。

「行くぞ」真偉の一言で、一同は姫の部屋を出た。

2台のマシンに別れて1台は真偉、1台は宝人の操縦、これで一件落着。

皆《みな》でセンターへ戻った。ドラはまだ隊員ではないので、ドアの外で待っていた。

局長の前へ集まると、「みんな、よくやってくれた」

「ねーねーお姉ちゃんてば」

なつみが真偉の袖を引っ張る。

「おっわかった。あの局長、実はですね、ひとり隊員に加えてほしい者がおりまして、どうでしょうか」

「あー構わんよ、どなたかな」

「はい、では、ドラ〜」と呼ぶと“ギギーッ”とドアを開けて入ってきたのは、もちろん正真正銘のドラゴン、但《ただ》し小さくなったままだけど。

「うわっ君、こ、この……」と言いつつ指を差しながら3歩もあとずさりした局長、動揺は隠せなかった。

「どういうことだ」

「はい、なつみから説明を……」

なつみの熱心な話から、ドラゴンはとても良い友達で、しかも、犯人逮捕に協力したということで特別の許可となった。

これだけ風変わりなメンバーのそろったパトロール隊はまずないだろう。

翌日、ドラにはは特注の隊員服が作られた。

ドラのズボンは、尻尾出し、上着は翼を出せるように袖なしで、ベストといった感じだ。

「どーお、なつみ」ドラは自分でも気に入っているのだけど、なつみの反応を確かめたかったのだ。

「なかなか似合ってるよドラ」

顔を見合わせるようなタイミングでなつみは言った。


数日後、ところ変わって。

キンコン、カーンコン。時旅《ときたび》高校の授業終了の鐘が鳴る。姉の真偉は門を出て、家に向かって歩道を歩いていた。

前方より、例の3人組、何か屋台らしきものを引いてくる。

「あっ姉御じゃないすか。あの時はお世話んなりまして、改心《かいしん》しました」

モッチンを先頭に3人で頭を下げた。

「あのな、姉御って、私まだ高校生だぞ。それで、どういうことだ。お前ら、ぶた箱に入ってたんじゃないのか」

冗談まじりに言ってみた。

「実は昨日、出てきたんですよ」「そう」

彼等の罪状はこうだった。

マシンの盗み一件、及び過去への無断渡航、この2つ。マシンはもちろん返したし、残るは罰金だけとなった。ところがろくに仕事をしてなかったので借金なのである。

「それで、その後ろのは何だ？」

「姉御、あの俺達今度たこやき屋をすることにしたんですよ」

「ほーいいじゃないか頑張れよ！」

「はい、姉御には腹いっぱい御馳走しますよ」

「おー楽しみだな、それじゃ」

真偉は手を振りながら歩き出した。

MO

第五章

①「進路」

ある日のこと、なつみと真偉は父、光影の部屋で話をしていた。ふたりとも3年生、進路相談であった。

「あのね、お父さん？　私はお姉ちゃんと同じ高校がいいな」なつみは笑みを浮かべながら言った。

「あそこはいいぞ、勉強頑張れよ」

「うん」

「あっ私の後輩だ」真偉が喜びの笑顔を見せた。

「それで真偉は？」父の問いに、

「えーと私はね、センターに入って正社員でパトロールを続けたいな」

「あーそれなら賛成だ」

「あのさ」真偉が父に尋ねた。

「お父さんて、自分で博物館を建てちゃうし大好きな発掘もして楽しそうじゃない、それと以前はタイムマシンの発明やったりで、ほんとすごいと思うんだ」

「そうか。そう言ってもらえると嬉しいな」

「あの、普通の会社で働こうとか思ったことってある？」

「いや、そんなのつまらないだろ。一度きりの人生だ、周りの人と同じことやったって全然目立たないし、個性を出さなければ面白くないじゃないか」

「うん、私もそう思う」真偉は頷いた。

光影はさらに話を続けた。

「自分のやりたいことや目標を持ったらどんどん挑戦して頑張るといい。それが成功した時の達成感といやぁ最高に気分がいいんだから。お父さんは、そうやって生きてきたし、これからもずっとそうだ、だからお前達も自分がわくわくするような生き方をするといいぞ」

「はい」ふたりそろって返事をした。

ふたりとも、内から込み上げてくるものがあるのだろうか。目を輝かせ、すがすがしい顔をして父の部屋を出た。「ねーお母さーん」その後、女同士のお茶会が朝まで続いた。

②「告白」

翌年真偉は高校を卒業し、センターへ就職。入れかわるようになつみは姉と同じ時《とき》旅《たび》高校へと入学した。

そして5月も半ば、なつみが高校生となって少々慣れてきた頃だ。

その日、パトロールを終えてドラと家へ戻る途中、なつみは昼間、クラスの友達と話したことを思い浮かべていた。

「ねーなつみー、あなた好きな人とかいるの？」そう言って話しかけて来た親友の光子《みっこ》。

「えー私まだ」と言い出したところを、

「あのね、あのね」と言い返した光子に、手を引かれ教室の隅の方へと連れていかれた。

光子は小声で「私ね、竜一《りゅういち》君のこと好きなの」と言い出した。

「キャー言っちゃった。なつみ、まだ誰にも言っちゃだめだよ」

光子は指を口元に当てるとそう言った。

「う、うん」

結局、自分のことを言いたかっただけのようだ……。

『私の好きな人か？』と思いつつ周りを思い浮かべてみると、

『お姉ちゃんと仲良さそうにしている宝人は……△、それとドラ？　まあ性格もいいし私のことをすごく気遣ってくれるから、どっちかといえば好きだけど、ドラは男というより、ドラゴンだからな、恋愛対象としては無理があるな、「私、ドラのこと、好きなの」なんて言ったら、光子のやつ「うっそ、頭大丈夫？　冗談きついなー」とかなんとか言いそう。かといって、クラスの男子を見渡したところ、まあ顔はけっこうイケてる男の子がいるんだけど、私の興味を引くような人が特にいないし……なんていうかシゲキがないのよね。やっぱ普段ドラ達と一緒にいるせいかな』

　なつみはふと立ち止まると、胸元で手の平を握り合わせるようにして、そっと空を見上げた。まるでキリスト様にお祈りでもしているかのような仕草で、

『問題だわ、花の高校生活が……うー私どうすればいいんだろう』

「どうかしたのかい？　なつみ」と、ドラが声をかけてくる。

「えっ、いやもしかして今、私、口に出してた？」「うん、何かぶつぶつ言ってた」

「いやー気にしないで。なんでもないから、さー帰りましょ、アハハハ」

「あのさーなつみ」「なあに？」

　ドラがいつもと違ってぎこちない様子で話しかけてきた。

「良かったら、そこの公園でも散歩しないか」「うん、いいけど」

ポカポカした日差しの中、きれいな花の間を抜けると、木陰に白いベンチが一つあった。そよ風に木の枝が揺れると木もれ日がベンチに当たり、キラリと光って見えたりしている、まるで自分達のために用意してあるかのように思えてしまう。

「あの、なつみ、そこへ座ってみたりする」

「うん」

『どうしたのかなドラったら、口数少ないし、いつもと雰囲気違うな、あーなんか私緊張してきた』

「いい天気だな」

「そうね……あの、今日もドラ、お疲れさんだったね、ドラがいてくれるから助かるし、楽しいよ」

「ほんとかい、それでなつみには好きな人とかいるのかな」

「えーあなた、ドラったらそんなこと考えてたの……いないわよ」

「あー良かった」と言いながらドラは左手をそっとなつみの手に乗せると優しくギュッとした。

「あの俺、なつみのこと、好きなんだ」

「う、うん、ありがと、なんとなく解ってた。でも面と向かって言われると照れるな」

「あの、君と一緒に暮らしたいんだ」

「えっ、それってどういう？」

『まさか告白↓速プロポーズなのかな』

なつみは急なことに頭の中が困惑して真っ白。

「結婚してくれ、なつみ」

「あのちょっ、ちょっと、私まだ高校生」

そう言ったあと、なつみはうつむき言葉を止めた。

「なつみ……」

……やや沈黙の後、なつみは、「無理だわ、あなたはドラゴンなのよ。いくらなんでも……大体ドラゴンと結婚した人なんて聞いたことないし、確かにあなたとは気が合うわ、けっこう好き。でもそれとこれとは別だもの、ごめんね」

ドラはつらかった。自分の姿に、そして運命に。ぐっと拳を握り、涙をこらえた。

ふたりが出会って6年余り、やっとの思いで告白したが、ドラの思い描いたようにはいかなかった。

ドラは何も言わず、そっと立ち上がると、振り向きもせず歩き出し、なつみの元を後にした。

「ドラ、どこ行くのよ」『もう少し、口説いてよ』

ドラの背中がとても寂しそうに見えた。

その日、ドラは家に帰ってこなかった。なつみにとって眠れない夜、窓の外を眺めて数時間、無性に寂しくなってチョビ達の部屋へ行きベッドにもぐり込んだ。

何だか切ない気持ちで胸がしめつけられそうな夜だった。

③「消えたドラ」

翌日、普通に学校へ行った。

「なつみ、元気ないぞ」“ポン”と真偉に肩を叩かれ、玄関を出たのだった。

授業を終え、帰ったところ、何だか部屋の様子が違うような気がした。「あれ」なつみの魔法の杖が下に転がっていた。

「ねーお母さん？　もしかしてドラ、帰ってきたー？」

「ええ、ドラちゃんなら見かけたわよ」

ところがどこにもドラはいない。

『どこに行ったのかな？　でも変だな、パトロールの制服、それに私があげたスカーフが落ちてる……なんでだろ、ドラったらとっても大切にしてたはずなのに』

なつみはすごく不安な気持ちでいっぱいになった。帰宅した姉に相談してみると、

「ねーどういうことなの、私わかんないよ」

「んーつまり、杖がここで、上着がここでスカーフがここ、この様子から察して、ドラは自分に魔法をかけたんだな」

「えっそんなこと」

「うん、多分急に消えたということなら、もしや過去に戻ったとか」

「えっ『服は残して？』この杖にそんな力があるのかな。だったら、タイムマシンなんていらないじゃん」

「確かにそうだ⁇　んー」

結局、ふたりともそれらしい結論は出てこなかった。

しばらく考え込んだふたり、真偉が“ポン！”と手を叩くと、

「そうだ、なつみ！　お父さんにタイムマシを借りて、3時間程前に戻るの、そうすれば原因がはっきりするはずよ」

ふたりは早速時間を戻った。

「なつみ、見てみ。ここにいい物がある」

真偉は自分の部屋から持って来たビデオカメラをなつみの部屋の隅にセットすると送信ボタンを押した。

「ほら見てごらん、私のケイタイに映像が映るでしょ、これなら離れていても解るからドラに見つかる事はないでしょ、じゃ私の部屋で静かに待ちましょ」「はい」

30分程して、ガラ‼

「あっドラが入って来た、私の杖を持ち上げたわ」「ん？」
ドラが何か言っているけど声までは届いてこなかった、そしてパッとドラが消える
と着ていた服は床に落ちた。
「なつみ、行くわよ」
ふたりは慌ててなつみの部屋に入ったが当然、ドラの姿はなく、足元に落ちた服が
何かを物語っているようだった。
「窓から出たのかな」
「いや、そんな映像はなかったし、こんな手の平程度のすき間しかないんだよ」……
と言いつつ下を見た真偉。
「あれ、なつみ、このボタンてさ、あんたが止めたんじゃなくてこういう状態で落ち
てたの？」「うん」
「スカーフも結んだまま？　やっぱりおかしいわよ、マジシャンでもないのに、自分
で脱いだのならボタンが止まっていたり、スカーフを結んだままなんてありえない。
やっぱり何かあったのよ」「でも、どうすれば？　何の手掛かりも無いんだよ」

「困ったわね」

「ドラのバカ、なんで急に消えちゃうのよ」

そうつぶやくとなつみはその場に座り込んだ。涙がぽつりぽつりと頬を伝う。

「なつみ、そう落ち込むな、ドラはお前の事が好きなんだろ、絶対帰って来るって信じろ」

何も出来ないまま月日が過ぎた。

ある日、なつみが家に帰ると、「あれっ杖が落ちてる、風でも吹いたのかな？」

なつみは半開きの窓を閉めた。

夜になってのこと、父さんが何か騒いでいる。

「おーい誰かお父さんのジャージを知らないか？　おっかしーな、この壁のところに掛けておいたはずなんだけど」

父はお風呂の後《あと》はいつもパジャマ代わりにジャージを着て過ごすので、朝着替えると壁に掛けて仕事に行く。なので、母が洗濯をしない限り他の誰かがさわる事はめったにない事なのだ。

「そう言えばお父さん」

母が何か思い出したようだ。

「昼間ジャージを着て外へ出て行きませんでした？」

「えっ俺が？　そんなわけないでしょ、昼間は博物館にいましたよ」

「そうかしら、私、ちらっとだけどジャージが歩いていくのを見たような気がするのよ、あなただとばかり思ってたわ」

「バカな、ジャージだけで歩くかよ」

「それもそうよね」

「ん〜もうお母さんたら、それドロボウだったりして」と真偉が突っ込む、「アハハハ……もういいよ」

父はあきらめて笑った。

ただ私（なつみ）の周りで何かが起きている事は間違いなかった。

④「出会い」

　そして次の日曜のこと。

「お父さん。私、洋服を見に行くからついでにジャージを買ってこようか」

「あー頼むよ」

　なつみは父にお金を預かると、自転車に乗って出かけた。道は幅5～6メートルなので車の交通量はさほど多くはなく、家から1キロ余り行ったところに大型衣料品店があるので、よく利用しているのだ。途中一ヶ所、軽い坂がある。

　軽快にこいで上がるとお店が見えてきた。

　店内をあれこれ見て、楽しく買い物をした。

「さて帰るか」

　スイスイと走る。そして途中の坂にさしかかるとスピードを落とす。軽くブレーキをかけるとキーキーって音がする。

『周りの歩行者が気づいてくれてちょうどいいかも』“ブチッ‼”というにぶい音、

「何？」

急に左手の握りが軽くなった。

「うわっ切れたー」

残る右側は前輪ブレーキ、効きすぎると滑って転倒の恐れがあるとかで、ゆるめの設定になっていた。

つまり、あまりブレーキが効かないということ。「うわー‼」

もう、うわーしか声が出せない、とにかく止まらない。

『やばい、交差点だ！　神様！　車が来ませんように‼』

なつみは心の中で必死にお願いする。

この間はほんの数秒、人の頭とはすごいもので危険がせまって必死な状態になると、一瞬のうちにあれこれ考えが脳裏をかすめていく。左から白い車が⁉

『きた‼　そのままぶつかると頭から突っ込む！　だめ！　神様‼　せめてお尻から落ちっ！』

なつみは歯を食いしばった。

ドン‼　という音とともに自転車は車の真横に当たると、その反動で、なつみは上に飛ばされた。

「キャッ‼」

なつみの目に青い空が映った。

「イッター……？」

『あれっ？　痛くない、なんでだろ？』

なつみの真横に男の顔、それも若い。青年は何か驚いた様子で、

「あっ、な。。いや、大丈夫かい？」

と声をかけてきた、ドキッ！

なつみは、その青年にお姫様抱っこされていたのだ。

パチパチパチ、周りから拍手が聞こえてくる。なつみはドキドキ感と動揺を抑え、やっと理解した。この青年《ひと》が、空中に飛ばされた自分を受け止めてくれた。そしてそれを間近で見ていた周りの人達が感動で拍手をしてくれたことを。

『わっ私ったら、男の人に抱っこなんて、ちょっと嬉しいんだけど……でもこんなところで……』

なつみは顔を赤らめると恥ずかしげに、

「すみません、降ろしてもらっても」

「あっはい」

青年《せいねん》はそっとなつみを降ろした。そこへひとりの男。

「いやー大丈夫かい、お嬢さん?」と言いつつ頭をかきながら運転者が声をかけてきた。

「ええ、全然」

よく見るといつも買い物をしているスーパーの店員だった。

「そりゃ良かった、とにかく君を家まで送っていくよ」

年の頃は40ぐらいのそのおじさんは、そう言いつつ車の後ろのトランクに、若干曲がった自転車を乗せると「片輪はみ出しているけどOK」とか言って、なつみの肩にそっと手をやり、「じゃ行こうか」なんて言った。

「あのちょっと待って」

と、なつみは振り切ると助けてくれた青年の方を向いて、

「あの私、なつみと言います。ありがとうございました」丁寧におじぎをした。

後ろの座席に乗り、車が出た後、なつみは何気なく後ろを見ると、青年はずっとなつみの乗った車を見送っていた。車が見えなくなるまで……。

『あっあの青年《ひと》の名前聞くの忘れた、ん～またどっかで会えるかな？　わりとさわやかな感じの青年《ひと》だったな。また会いたいな』

車中でそんなことを思っていると、直に家に着いた。お母さんが出てくると、運転していたおじさんは頭を下げていた。

なつみは部屋に戻ると、やや興奮気味にヨッピーやチョビ達に今日の話をした。

そのあと、親友の光子に電話したのだった。翌日、なつみは授業を受けながら、あの時、自分を受け止めてくれた青年のことを思い浮かべていた。休み時間になっても、ほとんど上の空。右隣の光子がチョンとなつみのほっぺを指でつつく。

「なーに、光子」

「なつみったら、どうしたのよ、ぼーっとしちゃって、もしかして例の男の子のことでも考えてたんじゃ」

「うん」図星だった。


それから次の日のこと、先生が教室へ入るなり「えー皆《みな》さん、今日は転校生を紹介します。神崎君、中へ」そう言われて男子生徒が入ってきた。先生は生徒の名前を黒板に書くと、

「神崎龍也《かんざきたつや》君です、みんな仲良くするように、それじゃ一言」

「はい、神崎と言います、よろしくお願いします」

「席はあの空いている机を使いなさい」と言いながら先生はなつみの方を指さした。

『あっあの青年《ひと》だ！』

なつみはビックリ、こんな偶然てあるのだろうか、青年は自分の方に歩いてくると、そっと右手を挙げ、

「よろしく」

なつみに挨拶すると左隣の席に座った。ドキッ‼　『えー私、どうしよう』

「あっあのよろしく」なんとか言えた。

なつみは動揺していてぎこちなかった。すぐに授業は始まってしまった。

なつみは紙を取り出し「この前は助けてくれてありがとう。私なつみ、天甦《オーロラ》なつみと言います」と書くと半分に折りたたみ、隣の神崎君の机の上に差し出した。

神崎はそれを読むとにこりとしてなつみに笑顔を見せてくれた。

第六章

「未来からの贈り物」

ある日のこと。“キーン！”

「あれっ」聞き覚えのあるマシンに似た音が外から聞こえた。

ここは2階、立ち上がってチラッと窓の外に目をやると校庭にはなかったはずの黒い球体がある。1メートル程の大きさ。

『なんだろう』なつみは不思議に思った。

『まさかと思うけどタイムマシン？　でも、あんなに小さいのに人が乗ってくるとも思えないし？　……』「あれ何」小さな赤い光がついたかと思えば消え、なつみは何かいやな予感がしてならなかった。

「先生、校庭に変なものがあります」

「何だい？」先生は窓を開けて外を見る。

すると他の生徒達も窓際に集まり、その物体の様子を窺った。赤い光が点滅となり、どんどん早くなる。

「なんかやばい、みんなー窓から離れて！」

なつみの声にみんな、あとずさり、窓からずーっと離れた。“ドッカーン!!　バリバリ”爆風でガラスが割れ、辺りに飛び散った。

「あっ雪乃《ゆきの》っ」誰かが叫んだ。「いったーい」窓際でひとり寝ていたクラスメイトの雪乃に割れたガラスの破片が当たり、左腕を怪我した。「バカ」どこからか小声でそんな言葉が聞こえた。

この状況下で適切な言葉かどうかは別にして、授業中、居眠りをしていて咄嗟の対応ができなかったゆえに、仕方のない結果でもあった。なつみとて、雪乃に気がついたとしても、そんな一瞬のことでは対応はできなかっただろう。

「早く保健室へ」先生の声、「私、行きます」そう言い出したのは保健係の竹内さん、雪乃を優しく抱えるようにして教室を出たところ、

「あの竹内さん、佐和子先生のところへ行くのなら私も行こうかな」と言ったものの、

「いえ先生は教室にいてください」と言われ「そうか」

なんだか残念そうである。そして他の生徒達は興味半分1歩2歩と窓に寄り、校庭の様子を窺った。先程の物体はバラバラに飛び散っている。校庭には爆発の威力を物語る大きな穴が、5~6メートル程の幅で土が吹き飛んでなくなっていた。“ドタドタ!!”廊下で足音がしたかと思うと、“ガラッ!!”いきなり教室の後ろのドアが開いた。

「なつみー」姉の真偉の声であった。

「お前、怪我はないか」「うん大丈夫」

「見ただろ、あれっ。すぐ調査して原因を突き止めなくちゃ」

「行くの?」

「もちろん。あっ先生、なつみを連れていきます。もうこれじゃ授業にはならないでしょ」

「まあそうだが、そんな……」

先生が反論する前に真偉は、

「じゃ、今日はここで中止。自宅学習ということで。あの、校長先生には私が頼んでみますから」

そう言うと真偉はなつみを連れ、教室を出た。真偉とは何者なのか、そんな権限あったのか、と思わせる対応だった。

そして先生は「じゃ、みんなで教室の掃除をしましょう。終わったら帰っていいぞ」

数分後、校内放送が流れた。

「校庭に爆発物が置かれ、生徒が危険にさらされたことについて、第2の被害の可能性もあるといけません。ただちに生徒は帰宅してください。本日の午後の授業は休校と致します」

ふたりはセンターに着くと、すぐにコントロールルームへと急ぎ足で入った。そこには局長がいてデータを分析中だった。

「おー君達か、駆けつけるのが早いな。爆弾のことで来たんだろ」

「はい、それでどうなんです」

「うむ。ある程度つかめたぞ。それほど未来ではない、約20年先からだ。ただ、何故そんな危険なものを無差別に送ってきたのかが解らん。位置は変わらないだろうから、君達は学校からタイムマシンに乗って20年先の時代へ行ってほしい。そして原因を突き止め、爆弾マシンを阻止するのだ。頼むぞ」

「はい」

そこへ、「あの、局長」と言いながら制御主任がデータを持ってきた。

「これを見てください。

20年先の時代から、こちらに爆発物が送り込まれたのは確かですが、それ以外に近い時期で行き来した者がいないか見ていたんですよ、するとそれより一週間前にですね、今の私達の時代から旅行目的で女子高生が出かけているんですよ、ひとりで。それもなつみさんと同じ高校の生徒でして」

「えっそれって大変じゃない！　名前解るの？」

「もちろん正規の旅行なら社《うち》のデータに残りますから、えーとですね……ジタバタさん、いえ！　地丹田雪乃《じたんだゆきの》さんという方がおひとりで」

「えっ？　雪乃さん、あの娘《こ》がひとりで何しに……。事件には関係ないと思うけど一応、明日学校へ行ったらそれとなく聞いてみるわ」

「それがいいわね」真偉は口ぞえした。

翌日のことである。

「おはよー」

なつみは元気良く挨拶すると教室へ入った。周りの友達が手を上げて反応してくれる。なつみもニコッとして軽く右手を挙げた。それからなつみは窓際に座っている雪乃を確認したあと、先に自分の机の上にバッグを置いた。なつみの机は中央からやや後方といったところ。雪乃とは斜めの位置関係、なつみはゆっくりと雪乃に近づき声をかけた。

「あの雪乃さん、怪我はどお？」

「うん大丈夫、ちょっとガラスが当たっただけだから」

雪乃は下を向いたまま、さりげなく言葉にした。

「大したことなくて良かったわ。それで、ちょっと聞きたいことがあるんだけど」

「ん？」

雪乃はようやくなつみの方を向いた。

「あのね、あなた未来へ旅行に行ってるよね、それもひとりで」

「えっ」

雪乃はうつむくと黙ってしまった。

「どうしたのよ雪乃さん、答えて！」

「うん」

「〜てことは行ったのね。へー何か楽しいこととかあった？　私も一緒に行きたかったな、どんな様子なの」

なつみはさりげなく、何をしに行ったのか聞き出そうとして話を続けようとしたが、雪乃はあまり乗り気じゃなかった。むしろ、そのことについて触れてほしくないような素振りだった。

「じゃ、また今度良かったら話を聞かせてね」

なつみは話が続かないので一旦諦めた。

『う〜んなんか、隠してるな、大体、女の子がひとりで未来へ行くなんて、訳あり？』

そういうなつみとて、ひとりで恐竜を見に行ったのに、自分のことはすっかり別のようだ。

授業を終えると、なつみは足早に帰宅する。無論、爆弾の調査で未来へ行くためである。家では真偉が待っていた。

当然、宝人も一緒。エアガンまで用意してなんと準備のいいことか。

「お姉ちゃん、戦いに行くわけじゃないよね？」

「いやいや、ただの護身用さ」

「お姉ちゃん、それで実は、一緒にパトロールをどうかなって、友達を連れてきちゃったんだけどいいかな」

「えっどういうこと」

「今、外に待たせてあるんだ……」


今日の昼休みに話は戻る。龍也が転校してまだ5日目。

「ねー龍也君、あのさ」なつみは声をかけてみた。

「なんだい」

「あの、あなたは力もあるし、何ていうか、私と気も合いそうだし、良かったらだけど」

龍也は一瞬ドキッとした。『告白かな？』

「あのね、私タイムパトロールをやってるんだけど、あなたさえ良ければ一緒にやってみない？　けっこう向いてるかもよ」


という話がふたりの間にあったのだった。

「紹介します。神崎龍也君といってパトロール隊員希望なんだ」

「あのもしかして、なつみを空中キャッチしたっていう……」

「はい」

「頼もしいじゃないか、構わないぞ。局長には私から申請しておく。私がリーダーの天甦真偉だ、よろしく。では誓いの言葉」

「えっそんなのあった？」

なつみが突っ込む。

「私が作ったのよ。では右手を軽く挙げて、私の言うことを繰り返して言ってください」

真偉は少し高めの声で言った。

「1つ、無理して危険は冒さない～。

2つ、自分の命、そして仲間を大切にする～。

3つ、何事にも笑顔と自信を持って行動する～。

以上！　それじゃ行くわよ」

真偉の合図でマシンに乗り込むと、

「なつみ、あんたの友達の雪乃さんだっけ？　その娘が移動した時間の5分前にセットするわよ。ＧＯ！」

キーンという音とともに、マシンがふわっと消えてゆく。雪乃が移動した未来の場所より、あえて少し離れた路上に降り立つと、目の前にビルを確認した。

ゆっくりと入り口に近づく。“ガチッ”ドアをそっと開けると小声で、

「すみませーん」特に返事はない。

“ガッカッカッ”通路正面よりいかつい黒服の男が歩いてくる。

「何か用か」

「あっいえ、ちょっと寄っただけです」

真偉は答えた。その後ろでは宝人がエアガンに手をかけ用心していた。

“ドサッ”「ウギー！」「何だ！」

左奥の部屋から、今度はあの音が聞こえてくる。“バタン……キーン”

「親分」男は音のする部屋へ行った。

“ドンドン”と叩き「何かあったんですか⁉」

すぐそのドアを開けると中へ入った。

「親分、大丈夫ですかい？」そう言いながら倒れていた年配の男を抱き起こした。

その親分と呼ばれる男、年の頃は50前後、口髭を生やした貫禄のある人物。ここはどう見てもあぶない人達のビルだった。真偉達は、恐る恐るドア越しに中を覗いて、なんとなく事情を理解した。

部屋の中には彼等ふたりしかいない。ただし数秒前までは他の誰か、おそらく彼女がいたであろうということを。

「う～ん、いたたた、つぶされるところだったぞ」

親分はテーブルの上を見て、「ない！」辺りをキョロキョロ。「ないぞ、ここに置いてあった俺の金（ＧＯＬＤ）が！　あの女、持っていきやがったな！」

どうも金塊があったらしい。

「なんだ？　そこのお前ら、仲間か？」

「あっ、そのー」

「やばい」

「いえ、私達は関係ありません。それじゃ」

と言いつつ、1歩2歩とあとずさりして、ダーッと逃げようと入り口に走ったところ、ちょうど男達の仲間が入ってきた。

「おい、そいつらを捕まえろ」

後ろからの声、挟み撃ちか⁉

「オリャー」

真偉がひとり、回し蹴りで倒した。

「龍也！」なつみが声をかけると、

「おっしゃー」目の前の男を軽くぶっ飛ばした。

「やるー」真偉から賞賛の声、素手の戦いならこちらに利がある。

「このガキども、つえーな」そう言うなり、男は胸元のポケットから危ないものを取り出す。

「こっちよ」なつみは横の通路を指さした。とにかく走る。

この場は逃げるしかないと、皆《みな》思った。

“ドキューン、バン、バン”、男達は銃を抜いた。

「お姉ちゃん、やばいよ」

「よし」と言うと宝人が、ポケットから丸いものを取り出して火を点け転がす。シュッと、真っ白い煙が一面に広がる。

「うわー煙幕ね」

それも、ほんの束の間。男達は撃ってくる。こちらは、エアガン2丁しかない。とにかく応戦する。

「あぐっ」つまずいて、なつみが転んでしまった。

「さあ」龍也がなつみをかばうように、追っ手に背を向け、手を差しのべて、グイッと起こそうとしたその時、

「うっ」龍也が足を撃たれた!!　左足のふくらはぎに血がにじむ。

「痛いけど、掠り傷だよ」

龍也は歯をグッと食いしばり弱味を見せなかった。

「お姉ちゃん！」

なつみが上目使いに必死な声を出すと、

「こっちよ」

真偉がすぐ目の前のドアを開けた。なつみは足を引きずる龍也を支え、中へと入った。宝人はあわててドアを閉め、鍵をカチャ！

中にはひとりの女性が立っていた。

20代後半といったところ、すらっとした体つきの美人。

「あなた達どうかしたのかしら？」

「すみません突然……私達、全然怪しい者じゃないんです」

「いきなり入ってきただけで十分に怪しいのですが。まあ、それにしても随分と慌ただしいことで」

この銃声の飛び交う中、妙に落ち着いた女性だった。

「龍也ごめん、私のために」

「いや」

血は出ているが、幸い掠っただけのようだ。なつみはピンクのハンカチを出すと、龍也の足に巻いた。

“ドン、ドン、ドン”とドアを叩く音。

「姉（あね）さん、大丈夫ですかい？　中にガキどもがいるんじゃ」

「問題ないわ」

「鍵を壊せ！　あいつらを引っ張り出すんだ！」

ドアの外で声がしている。

「お姉ちゃんどうしよ……」

不安気な顔をしているなつみの肩に龍也はそっと手をやり、

「なつみ、俺がついてる」

そう言うと優しく頷いた。

『何言ってるのよ、足引きずりながら格好つけちゃってバカなんだから』

なんて思いつつも頬を赤らめたなつみ。

「えっなつみ？」

中にいた美人の女性がその名に興味を示した。なつみの方をじっと見ると1歩ずつ近づいた。

「似てる……あの時のお姉ちゃんに似てる……でもまさかね」

「どうかしたんですか?」

なつみは気になって聞いてみた。

「いえね、私ずっと前、それも小学生の時にね、崖から落ちそうになったところを助けてもらったことがあるのよ。その時のお姉ちゃんが、自分の膝にすり傷で血が出ても構わず、必死になって私を助けてくれたわ。そのなつみお姉ちゃんにあなたが似ていたんでつい。まっそんなわけないわ、あなた私よりずっと若いんですもの」

なつみはそれを聞いて思い出した。

「あっそれ覚えてます。2年ぐらい前だったかな」

なつみはその時の情景を思い出す。

学校からほど近いところに林があり、授業を終えたなつみはよく道から左側の遊歩道へと入る。木もれ日がとっても気持ちよくってベンチに座るとついポワーンとしてしまう。そこからさらに進み、林の先まで行くと、10メートル程の高さで崖になっているので、気をつけなくてはいけないが、眺めが良くて夕日がとてもきれいに見えるところがある。

「私が林の中を歩いていたら崖の方からキャーとか、誰かーとか、聞こえてきたから、慌てて走っていったの。そしたら女の子が崖の途中の小枝につかまって、今にも落ちそうになっていたんだ」

その時の状況はこうだ。

「わーん、わーん、お母さん助けてー」

「由美ー」

母親がいくら手を伸ばしたところで届かない。それを見つけたなつみは、

「うわっ大変、しっかり！　今助けるから」

なつみは、持っていた縄跳びのひもを木に結び、片方を握ると少女の方へ降りた。

「私につかまって！」

少女はなつみにしがみついた。片手で抱きかかえ、自分の肩を踏み台にさせると、上にいる母親の手に届くよう押し上げた。

「もう大丈夫よ」

「う～ん、ぐず、ぐず」

少女は安心したのか涙が出てきた。

「うわ～ん」

母親はひざまずいたまま娘をギュッと抱きしめた。

「ありがとうございます。なんとお礼を言ったらいいか」

「お姉ちゃんありがとう」

「良かった、なつみ！」

「えっ」

「私の名前」

なつみは笑顔でそう言った。

「なつみお姉ちゃん、私は由美《ゆみ》」

少女はにっこりと答えた。

「あのなつみさん血が」と母親。

「いいの、いいの。じゃーね」

そう言うと、なつみは手を振りながら歩いていった。

そう、その時の少女が今、なつみの前にいる女性なのだ。

「あの時の由美ちゃんなんですか。なんか会えて嬉しいな、あーそれで、この時代にはタイムマシンで来たんですよ。私タイムパトロールの仕事をやってるから」

「それじゃ、あなたが……」

由美は目頭が熱くなり、何を話そうにも言葉にならなかった。20年という月日を経た思いがあったのか、口を噤《つぐ》むと、一言も声が出せず涙がポロポロとあふれ出した。

銃声でも、眉一つ動かさなかったその女性がなつみを目の前にした途端、我を忘れたかのように、1歩1歩なつみに近づく。

「あの、あの時のお姉ちゃん、なつみさんなのね。私、ずっと会いたかった。助けてもらったのに何もお礼ができなくて……やっと会えた……ありがとう、お姉ちゃんありがとう」

由美は涙が止まらない、なつみの手を両手でそっと包み込むようにして話し続けた。

「私ね、あれから数日後には引っ越すことになっていて。だけど、ずっとずっと気にしてたの。いつかまたお姉ちゃんに会いたいなって」

“ドンドン！　ガタッ”、入り口のドアが無理矢理開けられた。

「由美、大丈夫か」

「あなた心配ないわ」

すぐ後から「こら！　とっ捕まえろ」と親分の声。

「待って、待ってください」

由美は間に入り両手を広げる。

「この人達には手を出さないで、お願い。私の、私の命の恩人なんです、お願いします」

そこへ別の男が話に割り込む。

「何言ってる、親分を踏みつぶした女の仲間なんだぞ」

　そう言いながら中へ入り込むなり、なつみの腕をグッとつかんだ。

「だめ〜〜！」

　由美の大きな声が響いた。

「なつみさんに手を出さないで‼」

　あまりの声に一同、引いた。

「どうした由美」

　彼氏が問うと、由美は両手をなつみの肩に乗せ、しっかりとした口調で、

「私の命の恩人なんです、何があったかは知りません。けど、なつみさんが悪いことするはずがない。この人は、このなつみさんは私の、私の大切な人なんです」

「そうか」

　と言いつつ、親分が兄貴分達を横へ分けるようにして由美の前へ出た。

「詳しい事情は解らんが、世話になったようだな。これでもわしは義理人情を欠いたことはない。皆《みな》、銃を引け。由美や、茶を入れてくれるか？　その良い話を聞かせてもらえるかな」

由美は連れ子、幼い頃の彼女をお継父《とう》さん（親分）は知らない。そして、30分後、お互いが理解できた。

「あの、雪乃のことはすみません。何とか連れて必ず、おわびに参ります」

なつみが言うと、

「構わんよ、由美があれだけ必死になったのは初めて見た。今回のことは忘れよう。そうだな、一つだけ頼みがある」

「はい、なんでしょう」

「わしの妻に会ってくれるか」

「奥さん？　いいですよ」

すると、足早に女性が入ってきた。

「私です、なつみさん。ほんと、会えて嬉しいわ！　……」

「はい」

「良かったら今日は泊まっていくとよい」と親分。

「いいえ、それはちょっと、それよりその一爆弾はなしですよね」

「なんのことだ」

「えっ？」


翌日、学校で。

「雪乃。あんたったら、すっごくやばいことしてくれたわね」

もう雪乃の行動は全てバレバレ。雪乃は謝《あやま》るよりも、うつむいて涙をポタッ。反省しているのか、それともいろいろ言われるのがいやなのか何も答えない。それではと、なつみは小声で耳元に話す。

「ね、あの純金はどうしたの？　まだ持ってる？」

「もうない、使っちゃった」

「えー、～ん百万も、うそでしょ」

「でもちゃんと返さなければだめよ。まずは先に謝りに行きましょ。私も一緒に行くから、ね」

「やだ」

「やだって、そんな我がまま言わないでよ。あのね我がままな人は早死にするのよ」

「そんなの聞いたことないわ」

なつみが間に入って、なんとか事をうまく治めようとしても、雪乃はちっとも素直に応じてくれない。

「あのね、うちのお父さんから聞いた話だけど、人の話を無視して自分勝手なことばかりしている我がままな人は、病気の時なんかに周りの者が、医者に行きなよ、と言っても行かないし、この薬、よく効くから飲んでみたらって、すすめても飲まない。そのうち倒れて救急車で運ばれた時には、すでに遅しで〝余命半年です〟とか言われたりするのよ」

「そんな」

「確かに筋は通ってる」

横から親友の、光子が話に混じってきた。

「雪ちゃん、行ってきなよ、なつみはあなたのことが心配なんだよ」

「うっ、うーん」

気のない返事だが、雪乃はやっと承諾してくれた。

「良かった、光子ありがとう」

後《あと》から聞いた話だが、どうも雪乃は、父親から「未来の競馬の結果を調べてきてくれ」と言われての行動が、こういう結果となってしまったと……。

『何それ！　悪いのは！！！』

なつみは口には出さなかった。

第七章

①「経緯」

5年後の春。

時の流れの中、なつみはドラのことを忘れたわけではなかった。

ただ、いつもそばにいて命がけで自分を守ってくれる優しい龍也に思いを寄せてしまうのはごく自然の成り行き。

ふたりはお互いを必要とし合い、結婚した。

②「出産」

新婚当初よりふたりは龍《たっ》ちゃん、なっちと呼び合っている。

“ピーポー、ピーポー”

早く〜、急げー、早く中へ。

「う〜ん、う〜ん」なつみがちょっと苦しい感じ、ところは産婦人科。

そうなんです、とうとう生まれる時が来ました。

そばには夫の龍也。

「頑張れよ、なっち！」

「龍ちゃん」

龍也はそっとなつみの手を握ると、優しく微笑んだ。分娩室の前まできて手が離れる。

龍也が扉の外でじっと待つこと1時間、「ウンギャー、オギャー」という声が響い

た。廊下でそれを聞いていた龍也は、

『おーやった、なっちありがとう』

心の中で叫んだ。

中に飛び込んでなっちを抱きしめたい、そして生まれた子供をこの手の中に……なんて思うが勝手には入れない。

そわそわして落ち着かない龍也は廊下をうろうろ、どうしたことか中でぞわぞわと声がしている。「なんだろう」龍也は少々不安を感じた。

扉の外で待つ龍也は不安でいっぱい……。して中の様子はといえば女医さんが大きな声で、

「キャーおめでとうございます、元気な赤ちゃんです」

そこまでは良かった。そーっと手にとった赤ちゃんを見て、

「えーと男の子だな、あっ、あの、お母さん……」段々トーンが下がる。

どうも先生が動揺している感じが伺える。その横にいた看護師さんも何を見たのか、ポカンと口を開けて目が点になっている。

なつみはよく状況がつかめず、リアクションに困っていた。

『えっどうしたの、私の赤ちゃんに何があったの？』

周りの様子から察して不安がつのってしまう。

「あのーどうしたんですか、私の赤ちゃんを見せてください」

「あっ……はい……そうですね」

扉の外で夫の龍也は、早く赤ちゃんの顔を見たいと右に左に行ったり来たり……。

「男の子かな、女の子かな、格好いいかな、可愛いのかな～」勝手に想像していた。

先生はなつみに「どうぞ元気な男の子ですよ」と言いつつ、やや不思議な顔で赤ちゃんを抱かせてくれた。なつみは優しく受け取ると、

「そう、男の子なの」

『体は大丈夫かな、ちゃんと手も足もあって、指も５本あるかな』

親とはこういうものである。

やっぱり生まれてくる子供が五体満足であるか、つい確認してしまう。

「両手ＯＫ、足もちゃんとＯＫ、指だって５本ＯＫ、羽根ＯＫ、あれ？　翼……何《なに》

……なんで翼があるの⁇？　ええー、どういうこと」

なつみはビックリ、そのまま抱き上げると、

「おーあなたはガッチャ……いや～それとも天使‼　でもちょっと翼の形が違うような」

何を言っているのか、なつみはほんとにこの状況がつかめているのだろうか……そもそも人間の赤ちゃんになんで翼があるんだ、ということを。

先生達はそっと扉を開けると外へ出た。

不思議な顔をしながら、そのまま医院長室の方へと歩いていく。看護師さんが夫の龍也に歩み寄ると、やや緊張した様子で、

「中で奥さんが待ってます、どうぞ」

それだけ伝えるのが精一杯だった。

龍也はそう言われて、そそくさと中へ入った。

「なっち、なっち」と叫びつつ、なつみのそばに行くと、生まれたばかりの赤ちゃんを抱っこしているなつみの姿。そして腕の中、赤ちゃんには翼？「うわっ」と一言、

龍也は茫然とした。

もう何も隠せない、今全てを話さなくてはいけないと思った。

「龍《たつ》ちゃん、どう、可愛いよね？　私達の赤ちゃんよ」そう言いながら龍也に赤ちゃんを見せるなつみの笑みがかたい。

ふたりの間に数秒間の沈黙があった。

「あのーあのもし、もしかだけど、龍《たつ》ちゃん……あなたは……」

もうこれ以上声が出ない、胸がいっぱい。口を動かそうにも言葉にならない。涙が出る。ひと雫、頬を伝う、またひと雫、頬を撫でる。

龍也にしても、この状況にしてなんと言っていいのか言葉に詰まる。

「ドラ？　ねえドラでしょ、あなた答えてよ」

「あぁ、その名で呼ばれるのはなんて久しぶりなんだ」

なつみは赤ちゃんを抱えたまま龍也の胸に身を寄せ、頭をもたせ掛けた。

「えーん、えーん」涙が止まらない。ずっと、ずっと心の奥に閉じ込めていたものが込み上げてきた。

「会いたかったよドラ」

龍也はそんななつみの仕草がとても愛《いとお》しく、左手で彼女の頭をそっと撫で、自分の額をなつみの髪に添えると優しく包み込んだ。

「ごめん、今まで隠していてごめんよ」龍也の言葉になつみは、

「私ね、もしかしてって思ったことあったけど、聞くのが怖かったの……ねえ私のこと愛してる？　愛してるって言ってよ」龍也はなつみの目を見て、

「愛してるよ、ずっと、ずーっと初めて会った時から君のことだけを考えてきたんだ。だからこれからもずっと君と一緒にいたい」すると、なつみは赤ちゃんをそっとベッドの上に寝かせた。そして龍也と向き合い、じっと見つめて、

「お帰りなさい、ドラ」

そう言ったあとなつみは枕の下に手を入れた。大事そうに手に取ったものは、赤いスカーフ。それは、紛れもなく、なつみが初めて出会った頃、ドラとの別れぎわ、首に巻いてあげたあのスカーフ。そう、ドラが消えた時に残されたあのスカーフをなつみはずっと持っていたのだ。

なつみは笑みを浮かべながら、

「今は私の龍也」そう言って、龍也の首に巻いてあげると、そっと口づけした。なつみはニコリとして、

「どう、感動した？」

さらに龍也の顔を覗き込むように、

「泣いてもいいんだぞ」

なんて言ってみると、

「バカ言え」

龍也は恥ずかしげに答えた。

照れ臭そうな龍也にそっと寄り添うなつみ。そんななつみがなんて可愛いんだろうと龍也は思い、優しく抱きしめてしまう。

なつみは龍也の耳にふ～～と息をかけてみると、龍也はゾクッとした様子。

その時耳元で「ねえドラ、私の杖を使ったでしょ」とさりげなく一言。

「あゃ！」

「あれーねー龍也、なんだかあんたの体おかしいわよ、ちょっと透けて見えるような気がするの」

なつみが真面目な顔で言う。

「なつみも冗談きついなー」

龍也は自分の手を見て「あれー？」

そこでなつみが突っ込む。

「魔法が解けるのよ、どうしようかな、私がちゃんとかけ直してあげてもいいんだけど」

龍也としては冷や汗ものである。

「頼むよなつみ、お願いします」

なつみは軽く笑みを浮かべ、

「そうね、私の言うことなんでも聞く？」

「聞く、きく」

それを聞いて嬉しそうに「やったー」

なつみのペースに持っていかれた。

〜お幸せに〜

〜ドラの言い訳〜

「ねえドラ、私の部屋で杖を使ったのは知ってるのよ。それがパッと消えていなくなったのはどういうこと？　お姉ちゃんとふたりで随分探したのよ、タイムマシンで時間を戻ってみたんだから」

「知ってたのか。それは、あの時なつみに断られたから、もし人間になれたらいいなと思って、格好良く杖を持って魔法の言葉を言ってたら、ブーン、って俺の鼻にきたから“あっ虫！”て言っちゃった」

「で、虫になったわけ？」

「そうミツバチだった。それで、すぐ足音がしたものだから、こりゃ叩き落とされたらかなわないなと思って、窓のすき間から飛び出したんだ。それで別の日にもう一度使って、やっと人間になれたーと思ったら丸裸だったから、なんかちょっと恥ずかしくなって、お父さんのジャージを借りました……ごめん」

第二部　あとがき

著者、りゅうじの破茶目茶な青春の軌跡は、とんでもなく奇跡！

自分は若い頃、よく母親に無鉄砲だと言われていました。

人にバカにされたくない、そしてちょっと目立ちたいという思いもあってか、無茶苦茶なことを考えてはなんでもできると思い込み、怖いもの知らず！　といった感じで、いろんなことに興味を持ち、挑戦し行動した。

それはいい。

しかしその結果、何度も危ない目に遭った。にもかかわらず、現在無事に生きているのはありがたいことだと、とても感謝している。

普通なら大怪我をしているだろうと思える場面でも全くの無傷だったり、間一髪のところで助かったりと、何度も命を救われたのは、何か、見えない物が作用してそうなったのかどうか、はっきりとは語れませんが、そんなことを頭に置いて読んでみてください。

ここからは事実だけをお伝え致します。

あなたの人生において、いくらかでも役立つことがあれば幸いと思います。

1.「富士山」①
～守護霊のお導きか、神の御加護か、初の富士登山！～

もう40年も前の話で、19歳の時だ。夏も終わる頃、いつものようにバイクを走らせ、ちょうど眺めの良いところに来ると、遠くの山々が霞んで見えた。

何故か急に富士山に登ってみたいと思い、翌週にはリュックに食料を詰め、大してお金も持たず（２０００円）、愛用のバイク、ホワイトＤＡＸ70に跨がると、「お母さん、行ってきまーす」

ブーンと出かけた。

途中、河口湖に寄ったりで何だかんだ富士山5合目、吉田口登山道に着いた時にはほとんどお金がなく、最低限帰りのガソリン代として約１００キロ走行分の２８０円を除けば、残り90円。一番必要なものとして、その90円分の水を買い、水筒に入れてもらった。

それでも夕食分、そして翌朝分の食料はあったので気にせず登り始めた。

それから30～40分歩いた頃だろうか。右側足元で風に揺れる五百円札を見つけた。思わずニコリ！　として拾い上げた。

なんだか富士山が僕を受け入れてくれているような気がして嬉しかった。

そして山に向かって手を合わせ合掌した後、「貸してくれるんですか？」そして深く頭を下げたのを覚えている。

ただ、５００円では山小屋には泊まれないなと思いつつも、大切に財布に入れた。

登り始めたのが遅かったせいだろうか。７合目を過ぎる頃には、とうに日は沈んでいて、暗くなり始めていた。

少し休んでいこうかと思い山小屋に入った。腰を下ろしてはみたが、お金に余裕はない。

何一つ注文することもできないので、水筒の水を飲み、５分程で立ち上がると、

「すみません、それじゃどうも」

軽く会釈して出口へ歩き始めた。

すると、そこ（山小屋）のお兄さんが、

「あのちょっと、もう暗いし、泊まった方がいいよ、夜のひとりは危ないから」

そう言われたものの「うん、ですが……お金、あまり持ってないんですよ500円しか……」

さっき拾ったのが、と思いつつそう言った。

「構わないよ」

「えっほんとに！　いいんですか」なんて優しいいんだろう。

甘えることにした。

夕飯におにぎりを食べた後、土間を借り、持っていたコンロで湯を沸かし、今日1日を振り返り、ありがたく飲んだ。そして部屋の隅の方を借りてシュラフにくるまった。

『そういえば懐中電灯を持ってこなかったなー、泊めてもらって良かった』

そう思いつつ眠りに就いた。

翌朝、目が覚めるとあのお兄さんが、

「おー泊まって良かったな、初雪だぞ」

そう声をかけてくれた。

それを聞いて外を見たら真っ白だった。

『やばかったな、雪の中で凍えてたかも』

「ほんとに助かりました」

雪はすでに止んでいたので、お世話になった人達にお礼を言い、「これしかないんですけど」と五百円札を渡し、頭を下げて表へ出た。

後になって思ったが、小屋の名前をメモしておけば良かったな。その後、なんのお礼も、手紙一つ書くことすらできなかったのが残念だった。

数時間後、頂上に着いた。

浅間神社の前を通り、山口屋、そして扇屋とある。

その扇屋さんの前に休憩用のベンチがあったので、しばらく落ち着いていた。

昼めしには少々早かったが、朝は食べていないのでお腹もすいてきたことだし、さあて昼めしにするか。ということで、持っていた最後の食料を取り出す。これを食べてしまえば家に戻るまでは何もないのだ。

コンロをセットし、五目飯の缶詰を温めた。何だか若干こげている。

なんとか食べたが、お腹には心もとなかった。そうこうしていると扇屋さんの人が声をかけてきた。

「お前学生か？」

「はい」と答えた。

「中で休んでいけよ」とは言ってくれたものの、

「あの、お金持ってなくて、帰りのガソリン代だけなんです」

そんな僕を見かねてか「50円やるよ」と言って手渡してくれた。

「ありがとうございます」

たとえいくらでも気持ちが嬉しい。

そして「お前良かったらバイトしていかないか」と言ってくれて、

「はい」ひとつ返事でＯＫした。中にいた社長さんに紹介してくれ、本日より山小屋を閉めるための手伝いをすることとなった。

社長の、人柄の良さが従業員を通して伝わってくる。

布団を大きなビニール袋で包んだり、裏からネコで石を運んだ。石積みが一番大事な仕事だそうだ。小屋が冬の雪に埋もれても大丈夫なように、周りの壁に石を積み重ねることだ。

その日、9月3日より3日間のバイトをし、9月6日には山を下りた。

社長には大変お世話になりました。

バイト代を頂いて笑顔で足どりも軽く、砂走りを気持ちよくスイスイと下れた。

あっそういえば、お母さんに何も連絡を入れられなかった、ごめん……この時期頂上には電話はつながっていなかったもので……。

いろいろ振り返ってみると、大した準備もせず、ましてや9月になってから登るなんて、ちょっと普通じゃなかったと思う。

たまたま開《あ》いていたから良かっただけでなく、いろんな人に助けられた。

これはただツイていたというだけではないと思う。自分が思うに、仏様（守護霊）

が相手の頭に働きかけ、その人の心をこちらに向くような念を送ったとしたらどうだろう。

そう考えると妙に納得してしまうから不思議だ。それは中学の頃から、その手の類《たぐい》の本を読んでいたせいかもしれない。

下山後、富士山よりお借りしたお金は届けても誰も取りにこないだろうから、むしろ人様の役に立ったほうがいいだろうと思い、募金箱に入れさせて頂いた。

富士山が大好きになった自分は、その後も3年間、頂上でのバイトを楽しんだ。

2.「富士山」②
～幸か不幸かカミナリだけが道しるべ～

富士山に登るようになって何度目だったろうか。その日も遅くなり、すでに夜も7時は過ぎている。暗くなってきた。半分は登ったと思うが周りに小屋もなく？　それすら確認できない。

そのうえ雨が降り始めると、直に嵐となった。相変わらず懐中電灯はないが、カッパだけは持っていた。足を止めるわけにいかない。とにかく上を目指す。

しかし、月明かりなんてあるわけもなく、まさに真っ暗となる。もう全く道が見えなくなってしまった。強い風が吹きつけ、カッパに当たる雨の音が、バチバチと耳元で聞こえる。

山の厳しさを目の当たりにした感じだ。自分の足どころか手元すら見えない。右か、左か、それとも前か、もうどう動いていいのか迷い、ついには膝をついた。

人が歩いたところなら少しは地面も固いはず、手さぐりで小石や砂粒の大きさを確認しながら少しずつ動いた。

ただ、妙な胸騒ぎはしていた。何故か右だけは行ってはいけない気がしたのだ。それは以前登って、上から見下ろした時、そっち方面はかなりの急勾配で危ない！　という印象があったからだ。

その時だ、“ゴロゴロ”ピカッ！　と雷が鳴り響いた。一瞬だが道が見え、怖いどころか『おー助かる、これなら登れるぞ』そう思った。

少し進んでは雷を待つ。そんなことを繰り返し、時間すら確認できないまま足を踏み出す。こんな嵐の中、登っているのは自分だけだろうな、絶対にまともとはいえない。と思いつつ上を見上げた時だった。

「あっ」針の穴程、とまでは言わないが、小さな光が見えた。まるで「頑張って上がってこい！」って言ってるようで思わず嬉しくなった。それは、頂上に設置されているサーチライトに違いなかった。

ここまで来ればもう一息。

「よっしゃー！」大体の位置が解った。ライトのおかげか、ほんとに少しずつだが道を確認できるようになり、ようやく頂上に着いた時にはもう夜も9時半を回っていた。

みんなの朝は早い。当然寝ていたが、こんな時間に突然やってきた自分を、扇屋の人達は暖かく迎え入れてくれた。

3.「北海道」①

～腕を組んだまま！　バイクの居眠り運転!!～

昭和52年の7月半ば、自分が20歳《はたち》になる2週間程前のこと、バイクで一人旅に出た。

日本一周？　と言えれば格好良かったが、日数の関係上半周に留めた。

高校生の頃は、自転車で一周を夢見ていたが、ネコの祟りだろうか、台所を荒らしていたので、軽く左足で追い払ったその4日後に膝が痛み、膝内障《しつない》とのことで左膝の手術をされ、軟骨を取られてしまった。なんでかな？　という経緯もあって、止むなくバイクに切り変えてようやくこの年、出発の機会を得た。

服装はワイシャツにスラックス、靴は白のエナメルだ。バイク乗りには程遠い、どちらかと言えば町を歩く格好。

愛車は70ccのホワイトＤＡＸ。

シートの後ろには高校ワンゲル部で使っていた登山用リュックに、ツェルトテントや、シュラフ、着替えなどを詰め込み、しっかり縛るとちょうどよく寄りかかれる高さとなった。

70ccのバイクなだけに、当然高速道路なんて走れるはずもなく、道を確認しながら国道を北上していく。

日光に着いた頃にはもう、日は落ちていた。ここまで250キロ。初日ぐらいはゆっくりしたいと思い宿をとった。

翌日は福島を通ると夕方、ドライブインのおやじさんが自宅に招いてくれてとてもありがたかった。

その後仙台を通り、陸中海岸を走る。

景色を楽しみながらのツーリング。

青森の大間に着き、フェリーに乗船したが、起きていると船酔いしてしまいそうだ。ちょうど、出会った人に枕を頂いたので寝ることにした。数時間後、ついに夢の北海道に足を踏み入れた。

函館公園にてテントを張りながら思い返すと、この日でちょうど、1週間が過ぎていた。けっこうマイペースだな、と思ってしまう。

“危機一髪!!”

北海道を左回りに走ろうと翌日、函館を出て、八雲、長万部辺りを走っていた時のことだと記憶している。

流石北海道、信号もない道で真っすぐな一直線、遥か先の方に、山がうっすら見えるだけの平坦な道が続く、背もたれリュックの上には、フェリーの中でもらった枕を一番上に固定して絶好の位置だ。

もう、この際だから後ろに寄りかかってハンドルから手を放し、腕を組み、重心を取りながらうまく運転していた。

実は、スロットルが若干渋く、手で戻さなければずっとそのままの状態で走行が可能だった。まー単に油を差してないというだけのことなのだが。

そんなわけで、自分は以前から両手を放して運転をすることは度々あったが、せいぜい次の信号まで、という程度。さらに、両手放しでの停止をしてみたりで難度を高めてみた。

それがなんとこの開放感、直線の長さも半端じゃない。信号も対向車も全くなく、緊張の糸が途切れたのか、半ば空を仰いだ状態のまま目を閉じてしまい、ついにはそのまま寝てしまったＺＺＺ……。

そんな危険な走りが続くが、本人に意識はない。一歩間違えれば死ぬことすらあるというのに、どれだけ走ったろうか、空白の数十分が過ぎた。そして……!!

突然“ガタン”車体が揺れ、その反動で、空を向いていた頭が、前へカクンとなり、パッと目が覚めた。

それこそ、慌ててハンドルをつかんだ。して、前方を見るなり急カーブ、やばい！　咄嗟にブレーキをかけた。キキーッ‼　道の端に寄り、バイクを止めた。

体中にゾーッとするような悪寒が走る。心臓がドキドキするのが解る。胸を撫で降ろすように呼吸を整え、バイクを降りた。ゆっくり歩いてガードレールの先を見てビックリ！　断崖絶壁とはいかないまでも、5～6メートルはあった。

流石に顔が青ざめる思いだった。もし目が覚めていなかったら、もしあと何秒か遅れていたら、そのままガードレールに当たり、自分は宙を舞って落ちていたに違いない。

左側なので海ではなかったが、下の岩にでも当たっていればアウトだ。

近くに民家もなく、救急車すら呼べず……なんてことになっていたらと思うと、怪我もなく無事に生きていることにすごく感謝したのを覚えている。こんな偶然てあるのだろうか。確かめたわけではないけど先程のは、多分小石か何かだったたのだろうとその時に思った。

気持ちも落ち着き、再び走り出す前に地図を広げてみた。先程の居眠りする前の記憶している景色と、現在の位置との距離を確認したところ、20キロ近く走っていたことになる……。いやいや、そこまではないと思うが、それなりの距離を走っていたのは確かだ。

これはただ単にツイていたとか偶然とかで、簡単には考えられないことだと徐々に思うようになった。

左に寄ればガードレール、右に寄れば対向車、どちらにもぶつかることもなくずっと走らせ、目を覚まさせるために、小石らしきもののあるこの場所までずっと支え続けてくれたというのか。何とも不思議なことだった。

“でも、現実です！”

その後、自分は二度と居眠り運転をしないよう、少しでも眠気があれば路肩に止め、仮眠を取るよう、心掛けた。

4.「北海道」②
～有珠《うす》山の噴火～

昭和新山をバイクで登ってみた。石がゴロゴロして、あちこちの岩のすき間から黄色い煙が吹き出して、まだまだ火山活動をしている様子だ。

歩きならまだしもバイクで登ろうなんて、冒険者でもないのに変わったやつは滅多にいないだろうなと思いながらも、時には降りて押し、登れる限りのところまで登った。頂上までは無理だったが、自分なりにわくわくして楽しかった。～～そして下山。

その後、洞爺湖に寄った時のことだ。アイヌの人達が木彫りの熊を彫っていたり、いろんなおみやげを売っていたりでとてもにぎわっていた。

ところが数日後、北上していた折、有珠山の噴火を知ってびっくり。たかだか733メートルだけど活火山で数十年に一度はあるそうだ。それがこの年とは……で、もしあそこでテントを張っていようものなら、まるごと灰を被っていたに違いなかった。

気になり、まず最北端の宗谷岬を回った後、札幌、積丹を経て再び洞爺湖を訪れた。

道も畑も全てが火山灰の色に染まり、足首程積もった灰の中を、灰ぼこりを上げながら走っていったがひとっこひとりいなかった。

噴火のことで初めて有珠山の存在を知ったが、もしもっと以前から知っていたら、自分のことだ、昭和新山と同じく、話の種にと登頂に挑戦していただろう。それこそ危険な目に遭っていたかもしれない。

5.「北海道」③

～えっ熊！　猟銃を持った男現る～

北海道も終盤、洞爺湖から西へ、八雲を通り熊石へ向かおうとバイクを走らせていたところ、道を間違えたらしく、どうも登りが続いた？　道幅は狭いし、峠というよりむしろ山を登ってきた感もある。

暗くなってきたことだし、急ぐこともなくバイクを止め、道脇でテントを広げて“コンコン”とペグを打っていると後ろから、

「あの、兄ちゃんよ、そこにテントを張るのは止めときな」と声をかけられた。

「えっ」振り向くと目の前に立っていたのは猟銃を肩に乗せた中年の男。

「近くに熊が出たんで追ってたところだ」

思わず「それって、危ないじゃないですか」びっくりしている僕に、その人は左手を横に挙げると、

「ほら、そこに」と指さした方には、熊に注意!!　の立て看板。「やばー」頭を下げ、礼を言ってそそくさとテントを畳んだ。

バイクに跨がり、しばらく下ると町へ出た。間もなくして駅に着くと、今金駅と書いてある。偶然訪れた見知らぬ町、まあそれも良しかな、ここで落ち着くこととした。やっぱり北海道だな、山の中でやたらテントを張っては危険なのだと実感した。あの人が来てくれたおかげで、熊に襲われずに済んだのだった。

6.「旅のフィナーレ」
～富士山をバイクで挑戦!～

日本海側から新潟を経由して、旅も終わりを迎えようとしていた37日目、御殿場駅

に着いた。旅の最後を飾ろうとアタック！

しばらくは順調に登っていたが、途中でエンジンがかからなくなりアウト。気圧のせいかこれ以上どうにもならず諦め、バイクは山小屋に預かってもらい、自分の足で登った。下山後、エナメルシューズは、ズタボロになっていた。

7．「海で溺れる」
～命を救ったあの一言！～

27～28歳の頃、バイト仲間4人で湯河原近くの海へ泳ぎにいった時のことだ。日中泳いで、夜は浜辺近くに車を停めての車中1泊。夜、若干の暑さもあったが、時折吹く海風が心地良く、眠りに就いた。

翌朝、目覚めると気持ちよく表へ出る。海を眺めながら深呼吸すると、「みんな、俺ちょっと泳いでくる」そう言って軽く体をほぐして海へ入る。プールで1キロまでの自信はあったので、どんどん沖へ向かって泳いでいく。でもここは海。多少の流れや波がある。そろそろ疲れを感じてきたので立ち泳ぎに変えて後ろを見る。

自分の車が小さく見えた。せいぜい400メートルというところだろうか。そうこうしているうち妙に足に疲れを感じる。もうこれ以上沖に行ってはだめだ、早く戻らないと、そう思うが足に力が入らない。立ち泳ぎも辛くなってきた。

もうだめだ、あと30秒もたない。俺、死ぬのかな、半分は覚悟しながらも、何かないかと周りを見回すが、わかめが浮いているだけだ。そんなものつかんだって……ちくしょう!! ふーっとその時だ。

昨晩、友達と雑談している時の情景が思い浮かぶと、その時の会話が脳裏をかすめた。それは古井君が言っていた何気ない一言。

「俺さ、泳いでて疲れたら、そのまま海で休憩しちゃうんだ」

そんなことを言っていたが、自分は気にも止めず軽く聞き流していたはずなのに頭のどこかに残っていたのだ。

『どういうことだ、どうすればいいんだ』

自問自答するが答えは出ない。やり方なんて聞いていなかったからだ。

『よし、とにかく胸いっぱい息を吸おう』

スーッと胸を膨らませると、若干上半身が軽くなった気がした。「あっ」足の動きをゆるめてみると、大丈夫だ。手の動きだけで浮かんでいるじゃないか。

『そうか、こうすればいいのか』

生きて戻れることを実感すると、そのまま数分間、体を休めた。もう大丈夫と思い、ようやく浜へ向かって泳ぎ出した。

友人に礼を言ったのはもちろんのこと、生きるか死ぬかのパニックになりそうな時、記憶の扉を開けてくれた神様のおかげで生きて帰れたのだと、心から感謝した。

自分が思うに海で休憩するという術《すべ》は本来、小・中学校のプールの時にでも、ちゃんと授業で教えてほしい。そうすれば不幸な水難事故をいくらかでも防げるだろうに。

8.「初フライト＝松の木のてっぺん」

～軽飛行機でゴルフ場の木にとんぼのごとく留《と》まったとんでもないやつ！～

小学生からの夢で、いつか自分は大空を自由に飛んでみたい。なんのあてもなく、そんなことをずっと思い続けていた。かといって飛行機を操縦したいわけではない。

エンジンなしのグライダーとも違う。

僕は風を感じたかったんだ。ヒューッと風が顔に当たって、気持ちよく鳥のように飛びたいと思っていた。

20歳《はたち》を過ぎた頃、ちょうどテレビでハンググライダーを紹介していた。見た瞬間、「わっこれだ！」と思った。

実際ハングを買ったのは24歳の春頃。まずは練習、ということで箱根の山伏に行ってみたがちっともうまくいかず、ビッグバードで3日間の講習を受けてみたけど全然飛べる気がしない。

それから少々時を置いて、秋にビッグな祭典。第3回ハンググライダー世界大会が日本の別府で行なわれることを知り、カメラマンとして同行した。

充実した1週間を終え、地元へ戻るとすぐ別のイベントへ。スカイフェスティバルという大会。いわゆるプロペラ式の軽飛行機の集まりがあった。夢中で写真を撮り、さて帰ろうかと思った時に声をかけてくれたのが、その後、ハングの師匠となる方との運命的な出会いだった。

「君もハングの関係者かい」みたいなことを言われたのがきっかけ。その方は怪鳥クラブというハングスクールの会長で、自分はタイミング良く拾われたのだ。

それからは怪鳥クラブのホームでもある野田尻（相模湖先）へ毎週のように通った。どんどん上達し、女の子達もたくさん来る。何よりその場にいるだけで楽しい。時に冬場、根ノ上高原の合宿に行く頃にはB級をもらっていた。

何度かテレビの番組になったり、スキー場でハングの大会をやってみたりと、いろいろ楽しい日々が続き、2年程経った頃、仲間と航空協会の筆記試験を受け、ようやくパイロット免許を頂いた。

その頃からパイロットになって夢が叶ったのか、飽きっぽい割には、冒険心だけは人一倍あるようで、次なるチャレンジを頭の中で構想していた。

そのチャレンジとは、ドラッグ・スターで北海道から九州までを日本縦断することだ。

※説明※ドラッグ・スターとは、三輪の車体後部に350㏄のエンジンを備えたプロペラ機、上部に翼としてハングを取り付けるというシンプルなもので、映画『グー

ス』に使われたものに類似している。

　中古を90万で手に入れたものの、練習場に恵まれず時間だけが過ぎたある日のこと。西富士にある朝霧ジャンボリー（ゴルフ場）近くの広場にいた時が、いきなり本番の日となった。

　会長が僕の方に歩いてくると、

「小俣なら飛べるだろ、やってみろ！」

　そう言われると、ついその気になって組み立てた。ヘルメットをかぶると、会長からGO！　の合図。

　プロペラの風を切る音が振動とともに体に伝わり、なんとも気持ちのいいことか、そして全開！　スピードがついた頃合いでベースバーを前へ出す。「オー！」思わず声が出る。お尻を下から押し上げられるような離陸の際のGを実感すると、ふわーっと青い空に向かって上がっていく～～そこまでは良かった。

　どれだけ上がったかな？　と思った時だ。ついスロットルを戻してしまい、失速。いきなり地面が見えた。いわゆる山型飛行（やばい）、慌てて全開！　落ちる程地面近くで止まったが、そのままどうにも高度が上がらない。すでにゴルフ場の中だ。杉の木を縫うように右に左によけて飛んでいると「あっ人だ」ゴルファーがふたり、ビックリしてクラブを投げて逃げた。『ごめんなさい』

さらに進むと、松の木が3本、並ぶように立っていて、それぞれの間はどう見ても10メートルない。通り抜けるのは無理！　今、自分はほぼ、木と同じ位の高さだ。越えるのは不可能、ならばやるしかない！　この高さがあればできる、そう確信した。・・・・・・・・・・・・・・・どこから湧いてくるのか根拠のない自信、「よし」真ん中の松の木に狙いを定めた。そして当たる手前でベースバーをグッと出し、翼を立ててフレアー（エアーブレーキ）をかける。そして木に当たる瞬間、一気にバーを引いて木の上部に合わせると、包み込むような気持ちで木の上部を折り、見事木のてっぺんに乗った。

「やったー」だが危ない！　すぐに体を伏せると木製のプロペラが木の枝に当たり、かけ落ちるのが見えた。

気持ちを落ち着け、軽く息を吸って起き上がると、不思議なことに掠り傷一つなかった。

『あー神様、仏様ありがとう』

心の中で手を合わせていた。


振り返ってみると、北海道に行ったことは自分的には楽しく良い旅だったが、家で我が子の無事を願い、じっと待つことしかできなかった母にしてみれば、とても長い日々だったに違いない。

その他、富士山やハングにしても母の心配があってこそ奇跡を呼んだのかもしれないと思った。ありがとうお母さん。いろいろあった自分も、結婚してふたりの子供に恵まれ、親となり子供達と遊ぶことが楽しく、兄妹が小学生の時、自分にとって思い出の山、あの富士山にともに登れたのは嬉しい限りだ。

その2年後にはふたりを連れ、無人島でキャンプ！　魚や貝を食べ、若干サバイバルを楽しむことができた。まあそんな感じで最近は普通にアウトドアしている。

著者プロフィール
りゅうじ・O（りゅうじ おー）
1957年7月30日生まれ。
東京都出身。
東京工芸大学（短）写真技術科卒業。
資格：ハンググライダーパイロット免許。
　　　フォークリフト and 調理師。
2010年に絵本『「ふしぎなともだち」〜いたずら大好きおちゃめな妖精キロピー〜』（文芸社）を発行
二部の文中にあったハングスクールは現在やっていません。

ドラ恋 〜ドラゴンだって恋をする〜

2018年12月15日　初版第1刷発行

著　者　りゅうじ・O
発行者　瓜谷 綱延
発行所　株式会社文芸社
　　　　〒160-0022　東京都新宿区新宿1-10-1
　　　　　　　　　　電話　03-5369-3060（代表）
　　　　　　　　　　　　　03-5369-2299（販売）

印刷所　株式会社フクイン

ISBN978-4-286-20053-8